AF139369

Ein seltsamer Professor, der in einer Laubenkolonie am Stadtrand zwischen seinen Büchern lebt, die Geschwister Niki und Dora, zwei verwöhnte Teenager auf der Suche nach dem richtigen Leben, der obdachlose Joker, der sich nicht in die Karten schauen lässt, mit seinem Hund Joker, und die kleine Mignon, die kein Wort spricht - sie treffen sich jeden Mittwoch Nachmittag zu Gesprächen über Existenz, Kino, Unsterblichkeit und den ganzen Rest in der Wohnung von Lena, die vor kurzem unsanft aus ihrem gewohnten Leben geworfen wurde. Seit einer Kopfverletzung beim Bungee-Springen leidet sie unter vollständiger Dyskalkulie, und sie hört Stimmen. Keine gewöhnlichen, sondern die Stimmen von Immanuel Kant, Bento Spinoza, Ludwig Wittgenstein, Hannah Arendt...

Was Lena noch nicht weiß: sie ist Teil eines Weltrettungsplanes, in dessen Zentrum ein verschollenes philosophisches Buch steht. Hat der Professor etwas damit zu tun? Heißt er wirklich Gregor Stein, wie in seiner Ausgabe von Kants Kritik der reinen Vernunft steht? Welche Rolle spielt der undurchsichtige Joker? Und wer sind die Leute, die um jeden Preis verhindern wollen, dass das Buch gefunden wird und die Welt verändert? Eines Nachts brennt die Laubenkolonie, der Professor verschwindet, Lena hält das Buch in der Hand und muss eine Entscheidung treffen.

Sabine Brandenburg, geboren 1957 in Pforzheim, absolvierte nach dem Abitur eine Goldschmiedelehre und studierte Schmuckdesign und Literaturwissenschaft. Sie lebt als freie Designerin in Staufen bei Freiburg.

Sabine Brandenburg

Stadtrandphilosophen

Roman

Bibliografische Information der Deutschen Nationalbibliothek: Die Deutsche Nationalbibliothek verzeichnet
diese Publikation in der deutschen Nationalbibliografie;
detaillierte bibliografische Informationen sind im Internet unter http://dnb.dnb.de abrufbar.

Herstellung und Verlag:
BoD – Books on Demand, Norderstedt

ISBN: 9783735751263

Bildnachweis: Buch globetrotterfamily.com; Sokrates kapu-bocholt.de

Für meine Lehrer

Prolog

Nein, ich werde nicht springen!

An meinen neuen Nike-Sneakers vorbei schaue ich in den Abgrund, tief unten rauscht ein Fluss, etwas weniger weit unten rauschen Baumkronen, idyllisch, wenn man es von der richtigen Seite des Brückengeländers aus betrachtet. Selbstmord ist das einzige philosophische Problem, hat mal jemand gesagt, und das hier ist Selbstmord, trotz des Bungee-Seils an meinen Fußgelenken und der aufmunternden Kommentare in meinem Rücken: „Du schaffst das, wir haben es auch geschafft, gib dir einen Stoß, es ist toll, wirklich, das musst du einfach erlebt haben, danach fühlst du dich wie ein neuer Mensch!"

Wo ist Karsten? Er weiß, dass ich Höhenangst habe, er weiß, wie ich mich in diesem Moment fühle, er *muss* es wissen, so lange wie wir schon zusammen sind, aber anscheinend interessiert es ihn nicht, er unterhält sich mit Sandra, schaut nicht zu mir hin. Also muss ich springen. Ich löse meine verkrampften Finger vom Geländer, breite die Arme aus, Beifall in meinem Rücken, „los, du machst das, super, wir wussten, dass du es schaffst" - jetzt ist alles egal, ich verabschiede mich von der Welt, kippe langsam vornüber, meine Füße rutschen von der Kante ab, ich befinde mich im freien Fall - Luft ist dichter als ich dachte, sie bremst mich, in gefühlter Zeitlupe schwebe ich dem Abgrund entgegen -

„Die Welt ist alles, was der Fall ist" sagt eine Stimme an meinem linken Ohr.
„Es gibt Menschen, die aus der Welt fallen", Antwort von der rechten Seite.

Erstaunlich, was Adrenalin mit einem ganz normalen Gehirn anstellt, ich höre Stimmen!

„Diese Erfahrung macht sie gerade: sie fällt aus ihrer Welt."
„Alle Erkenntnis hebt mit der Erfahrung an."
„Es gibt Erfahrungen, die möchte man nicht teilen."
„Niemand kann die Erfahrungen eines Anderen teilen."

Befände ich mich auf dem Boden der Tatsachen, dann würde ich sofort einen Termin beim Psychotherapeuten vereinbaren, aber in meinem speziellen Fall muss ich das bis auf Weiteres aufschieben -

„Die Bedingungen der Möglichkeit der Erfahrung sind zugleich die Bedingungen der Möglichkeit der Gegenstände der Erfahrung."

Das kam von hinten, eine unangenehm scharfe Stimme. Ich versuche, den Kopf zu drehen, aber meine ungewohnte Position, Füße oben, Kopf unten, Geschwindigkeit gefühlte 100 km/h, erschwert diese einfache Aktion.

„Sie hat unbestreitbar philosophisches Talent!"

Morgen - falls es das geben sollte - rufe ich in der Praxis an, die Karla mir empfohlen hat -

„Inwiefern?"
„Sie hört uns aufmerksam zu, während sie in den Abgrund stürzt. Philosophieren heißt sterben lernen, wie ich bei passender Gelegenheit anmerkte."

Die rote Markierung am Brückenpfeiler, in deren Höhe bei den Anderen das Seil sich spannte und den Fall sanft abbremste, saust vorbei. Nichts passiert. Ich falle ins Nichts.

„Keine Angst, es passiert Ihnen nichts, jedenfalls nichts Schlimmes, nur ein kleiner Unfall, wir haben alles im Griff."
„Gegenstände der Erfahrung können hart sein."

Etwas trifft meinen Kopf, oder umgekehrt.

Stille.

„Lena?"
Das war Karstens Stimme. Ich bewege mich nicht, öffne nicht die Augen.
„Kannst du mich hören?"
Kann ich, klar.
„Wach auf, bitte!"
Ich bin wach, mein Schatz, aber da ist etwas in meiner Erinnerung, das mir sagt, ich sollte lieber so tun, als wäre ich es nicht.
Eine unbekannte Stimme sagt: „Lassen Sie ihr Zeit, sie ist noch nicht so weit. Aber sie wird bald aufwachen, das versichere ich Ihnen."
Das Geräusch einer Tür, die ins Schloss fällt.
Dann eine nicht eindeutig lokalisierbare Stimme (über mir? Neben mir?):

„Können Sie mich hören?"

Ich schlage die Augen auf. Ein Krankenzimmer, ein Krankenhausbett, ein Bein, das schräg vor mir aufragt, der Fuß hängt in einer Schlinge - ist das mein Bein? Ich

9

komme nicht dran und befühle stattdessen meinen Kopf, fühle Verbandsmull außen und Schmerzen innen.

„Verstehen Sie mich?"

Es ist niemand im Zimmer außer mir. Der Fernseher ist nicht eingeschaltet, das Kabel hängt lose. Radio sehe ich keines, mein Handy auch nicht. „Ja, ich kann Sie verstehen, aber wer spricht?"

„Gute Frage! Unser kleines Experiment scheint gelungen zu sein."
„Warum haben wir sie ausgewählt?"
„Sie wird zur richtigen Zeit am richtigen Ort sein."
„Das ist eine notwendige, aber keine hinreichende Bedingung."
„Sie ist intelligent -
                    danke! -
                              - genug für unsere Zwecke."
„Menschen sind Zwecke an sich und dürfen nicht als Mittel zu fremden Zwecken missbraucht werden! Ich kann Ihr Vorgehen nicht gutheißen!"

Die unangenehm scharfe Stimme sagt die Wahrheit, nach meiner bescheidenen Meinung.

„Ihr Einwand kommt zu spät, die Geschichte hat schon angefangen. Der dritte und wichtigste Grund, warum wir uns für diese Person entschieden haben: sie ist gerade aus ihrem bisherigen Leben herausgefallen und daher völlig frei und ungebunden. Nur weiß sie das noch nicht."

22 m²

Das Ikea-Klappbett ist eine echte Herausforderung. Ich habe es auf dem Weg von Wohnung A nach Wohnung B gekauft. Bisher gehörten Klappbetten nicht zu der Art Möbel, die mich interessierten.

Meine neue Wohnung liegt am Stadtrand, zweiundzwanzig Quadratmeter (sagte die freundliche Maklerin und zeichnete den Grundriss mit Tisch und Bett auf die Rückseite des Mietvertrags, damit ich mir was darunter vorstellen konnte), mit Aussicht auf den nächsten Baum, Kochnische, Balkon zum einmal Herumdrehen, vierter Stock am Ende des Flurs, dort wo keiner hinkommt, nicht freiwillig und nicht aus Versehen. Genau was ich will. Ich bin am Ziel, manche würden sagen am Ende. Egal. Hauptsache angekommen.

Bis auf ein Möbelstück habe ich alles alleine raufgetragen. Jetzt sitze ich zwischen Umzugskartons und Brettern, von denen ich nicht weiß, ob sie zum Bett, zum Regal oder zum Kleiderschrank gehören, und versuche vergeblich, die Aufbauanleitung für das Klappbett zu verstehen. Es ist elf Uhr nachts, ich bin ziemlich müde, der Tag war anstrengend, also verschiebe ich die Aktion auf morgen. Die Matratze steht hinter ein paar Brettern, die zu meinem Kleiderschrank gehören. Zum Zudecken finde ich nur meinen alten Mantel, aber egal.

Am Morgen wache ich mit knurrendem Magen auf, Abendessen ist gestern ausgefallen. In irgend einem der Kartons sind Küchenutensilien und etwas Essbares. Dummerweise habe ich sie nicht beschriftet, dazu war keine Zeit, ich wollte fertig sein, bevor Karsten aus dem Büro kommt. Also einen nach dem anderen aufmachen. Bücher, Bücher, Klamotten, Handtücher, Waschzeug, brauche ich auch gleich, aber erst was essen. Ich war

11

zum Glück so schlau, Karstens Kühlschrank auszuräumen, deshalb gibt es jetzt Frühstück, Toast, Ei, ein bisschen Wurst und eine Kanne Tee. Ich öffne die Balkontür, Straßenlärm, aber auch ein bisschen Sommergeruch. Noch ist Sommer. Eigentlich hätte ich Lust, draußen zu frühstücken, aber der Tisch passt nicht durch die Tür, egal, ich stelle ihn direkt davor, auch gut. Während ich meinen Toast kaue, betrachte ich den Baum vor dem Fenster. Das ist das Beste an dieser Wohnung, der Baum, ein riesiger altes Ahornbaum, wahrscheinlich so alt wie die Wohnsiedlung, sechziger Jahre, alt, was die Häuser betrifft, kein Aufzug, schlecht schließende Fenster, abgewetzte Linoleumböden. Bestes Alter für den Baum. Noch sind die Blätter grün, ein paar Meisen turnen zwischen den Zweigen und unterhalten sich. Der Baum verdeckt den Wohnblock gegenüber, schmuddeliger Rauputz, Balkonverkleidungen aus fleckigem Eternit, überall die gleichen Blumenkästen, auch aus Eternit, der Lieblingsbaustoff der Sechziger, garantiert asbesthaltig. Die meisten sind leer, in manchen wächst Unkraut, ab und zu Geranienrot oder Petunienviolett, das zwischen den Ahornblättern leuchtet. Im Winter werde ich leider die Fassade anschauen müssen, na, egal.

Nach dem Frühstück nehme ich mir die Aufbauanleitung für das Klappbett wieder vor, dieses Mal mit größerem Erfolg. Gegen Mittag steht ein unauffälliger weißer Schrank in einer Ecke meiner Wohnung, ich klappe probeweise das Bett runter und wieder rauf, runter und wieder rauf, der Mechanismus seufzt dezent, wenn die Klappe schließt und die Matratze verschwindet. Also, das wäre geschafft! Eigentlich könnte ich bei Ikea anfangen. Der Rest ist Routine, mein Kleiderschrank, der Schreibtisch, jetzt Multifunktionsmöbel, Schreibtisch, Esstisch, Küchentisch. Das einzige nicht-

Ikea-Möbel in meinem Haushalt (und das einzige; das ich nicht selbst getragen habe) ist eine Kommode, die sich meine Eltern für ihre erste Wohnung angeschafft haben, zusammen mit einer Eckbank und einem massiven Tisch, die ich beide zum Glück nicht mehr besitze, sonst hätte sich der nette junge Mann aus der Nachbarschaft, der die Kommode (Vorkriegs-Qualität) die Treppen rauf gewuchtet hat, wahrscheinlich einen Bandscheibenvorfall geholt. Egal, Hauptsache sie steht hier und erinnert mich daran, dass ich irgendwoher stamme. Ich fülle sie mit Unterwäsche, Bettzeug, Handtüchern und all dem Kram, der sonst nirgends Platz hat.

Ich habe den Sitzsack mitgenommen. Eigentlich gehört er Karsten, denn er wollte ihn damals unbedingt haben, als wir in diesem Designmöbelgeschäft rumliefen. Ich fand ihn total albern und überflüssig, so ein Ding, das tatsächlich niemand braucht und genau deshalb jeder unbedingt haben muss. Aber als ich gestern alles eingepackt hatte und, die Türklinke in der Hand, noch mal einen Blick zurück in die Wohnung warf, in der ich mich zehn Jahre lang zuhause gefühlt hatte, da drängte er sich sozusagen auf, der knallorangene (na ja, nicht mehr ganz knallorangene) zerknautschte Sack, der traurig in der Ecke lag, Relikt einer vergangenen Zeit, und ich musste ihn einfach mitnehmen.

Am Abend ist meine Klause so gut wie eingerichtet. Ich setze mich auf den einzigen Stuhl an meinen Universaltisch, entkorke eine Flasche Wein, der Sitzsack schaut mir zu, ich versuche, seinen Gesichts- (Gesichts??) Ausdruck zu analysieren, frage mich, ob er sich wohlfühlt und mit der Veränderung seiner Lebensumstände, na ja, Existenzumstände, einverstanden ist, die ihm einen Ehrenplatz auf zweiundzwanzig Quadratmeter einräumen, Aufmerksamkeit garantiert, oder ob er lieber in einer vergessenen Ecke einer zweihundert Quadrat-

13

meter Luxuswohnung verstaubt wäre. Ich proste ihm zu, „auf uns beide, du alter Sack", bilde mir ein, dass sich eine Falte in seinem runzeligen Gesicht vertieft, stelle die angebrochene Flasche in den Kühlschrank und lege mich angezogen ins Bett, verschiebe das Duschen auf morgen.

Es ist hell, viel zu früh für meinen Geschmack. Der alte Sack grinst mir einen guten Morgen zu. Ich beschließe, einen Vorhang zu kaufen, lichtdicht. Zum Frühstück gibt es nur Tee, es sei denn, ich gehe zum Supermarkt. „Würdest du so nett sein, uns was zum Frühstück zu besorgen?", frage ich den Sack, aber er braucht nichts, deshalb muss ich wohl selber gehen. Auf dem Rückweg, Brot, Wurst, Butter und Marmelade in der Einkaufstüte, sehe ich mich zufällig in einem Schaufenster gespiegelt, eine Frau mittleren Alters, ungekämmte Haare, Tränensäcke unter den Augen, schleppt ihre Einkäufe nach Hause, sieht irgendwie alleinstehend aus, nicht besonders gut angezogen, man könnte auch sagen, etwas ungepflegt, hängende Schultern in einer abgewetzten Lederjacke - bin das ich? Fange ich schon an, dem alten Sack ähnlich zu sehen? Im Hausflur begegnet mir die alte Dame aus der Wohnung nebenan, vielleicht um die achtzig, wie aus dem Ei gepellt, die weißen Haare sorgfältig geföhnt und mit Haarspray fixiert, dunkler Blazer, Handtasche, sie grüßt mich freundlich, ich brumme irgendwas zurück. Was denkt sie wohl von mir? Ich habe mich noch nicht als neue Nachbarin vorgestellt, laufe ihr unausgeschlafen und schlampig über den Weg, bringe es nicht mal fertig, anständig „guten Morgen" zu sagen. Morgen werde ich bei ihr klingeln und ihr ein paar Blumen mitbringen. Oder irgendwann.

Ich dusche zum ersten Mal im neuen Leben. Der Wasserstrahl ist schlapp, es dauert, bis er warm wird, ich

14

werde mich dran gewöhnen. Der Spiegel über dem Waschbecken ist gesprungen, das war er schon, bevor ich eingezogen bin, ich hätte es dem Vermieter melden sollen. Der Vermieter ist eine Wohnungsbaugesellschaft, also hätte ich mich durchtelefonieren müssen, bis ich jemanden gefunden hätte, der für zerbrochene Spiegel in Wohnblock eins, Feldstraße dreiundzwanzig, zuständig ist. Zu diesem Zweck hätte ich eine Telefonzelle (gibt es so was noch irgendwo?) ausfindig machen müssen, denn ich besitze kein Telefon, weder mobil noch Festnetz. Nicht dass ich kein Telefon bezahlen könnte, dafür reicht's grade noch, wie mir der hilfsbereite Bankangestellte ausrechnete, bei dem ich ein Konto eröffnete, aber ich will kein Telefon. Ich will nicht, dass mich jemand anruft und ich will niemanden anrufen, basta. Ich will nicht, sollte mir mal die Decke auf den Kopf fallen, wie man so sagt, neben dem Telefon sitzen und es anstarren, weil ich hoffe, dass vielleicht doch jemand anruft, oder darum herumschleichen, weil ich mit jemandem reden möchte, aber nicht zugeben will, dass es mir mies geht und deshalb niemanden anrufen will, der das dann sofort merken würde. Außerdem, wen sollte ich anrufen? Die Freunde und Bekannten aus meinem alten Leben sind nicht mehr meine Freunde und Bekannten, und andere habe ich zur Zeit nicht. Und sollte ich mal dringend einen Arzt brauchen, kann ich bei meiner netten achtzigjährigen Nachbarin klingen, die auf jeden Fall ein Telefon hat, und wenn ich das nicht mehr schaffe, brauche ich auch keinen Arzt mehr. Basta.

Beim Zähneputzen stoße ich aus Versehen gegen den Spiegel, die beiden Stücke lösen sich aus der Halterung und verabschieden sich mit Getöse, ich versuche, mit heilen Fußsohlen das Bad zu verlassen, um Kehrschaufel und Besen zu suchen, die ich hundertprozentig mitgenommen habe, aber wo habe ich sie hingeräumt?

Selbst eine winzige Wohnung wie diese ist groß genug, um was zu suchen. Was ich dringend brauche ist ein Staubsauger, obwohl das mein Budget etwas strapazieren wird; aber ohne Staubsauger fühle ich mich hilflos, wehrlos dem Dreck ausgeliefert, der sich unabwendbar ansammelt, Krümel, Flusen, tote Fliegen, Haare, und in so einer Miniwohnung verteilt alles sich überall, Krümel im Bad, Haare in der Kochnische, grauenvoll! Meine Aufgabe für den heutigen Tag lautet demnach: in die Stadt fahren und einen Staubsauger kaufen, möglichst billig und möglichst gut! Keine leichte Aufgabe in meinem speziellen Fall.

Alles auf Null

Die Tage werden kürzer, das ist mir recht. Abends sitze ich in meiner Wohnung wie in einem Raumschiff, das von der Erde abgehoben hat und ohne Funkverbindung im All schwebt. Ich ziehe den Vorhang zu - neue Errungenschaft, orangefarben wie der alte Sack, ich wollte ihm eine Freude machen, damit er sich nicht mehr so alleine fühlt. Außerdem tageslichtdicht für Spätaufsteher. Das Licht meiner Deckenlampe (Energiesparbirne) scheint widerwillig freundlich auf mich und den Sack herab, der sich räkelt (jedenfalls scheint es mir so), und ich beschließe, den letzten Karton auszupacken. Er steht neben dem Kühlschrank, ich habe ihn glatt vergessen, so unsichtbar hat er sich gemacht, und trotzdem war er immer da, ich habe ihn in Wahrheit keine Sekunde vergessen, auch wenn ich es vielleicht insgeheim wollte. Ich ziehe also den letzten Karton aus seinem Versteck neben dem Kühlschank und fummle die ineinander verschränkten Teile des Deckels auseinander - keinen habe ich so sorgfältig verschlossen und auch noch mit Klebeband zugeklebt, als wollte ich ihn in Wahrheit nie mehr aufkriegen. Sein Inhalt ist mit mehreren Lagen Wellpappe gesichert, die restlichen Hohlräume mit Verpackungschips ausgefüllt (so was findet sich zuverlässig in Karstens Materiallager, er sammelt so ziemlich alles, was sich verwenden lässt, das meiste davon verwendet er nie, aber in diesem Fall kam mir seine Veranlagung zum Messie zugute.) Ich wuchte das unförmig eingepackte Ding auf meinen Ess-Schreib-Küchentisch und lasse es da erst mal stehen. Muss mich sozusagen an seine Anwesenheit gewöhnen, und während es da so getarnt durch mehrere Lagen Pappe scheinbar unschuldig rumsteht, spüre ich schon den Anspruch, den es an mich stellt. Der ominöse Inhalt des Kartons ist ein iMac

G3, Baujahr 1998, Betriebssystem uralt. Ich habe ihn aufgehoben, weil er mir einfach gefällt mit seinem Sechzigerjahre-Fernseher-Look. Er ist mit eigentlich nichts mehr kompatibel, kein brauchbarer Internet-Browser, aber das stört mich nicht, weil ich ja sowieso keinen Internetanschluss habe. Ja, im Ernst. Klar könnte ich einen beantragen, ist ja sogar Härtefalltauglich, so viel ich weiß, Internetanschluss ist sozusagen überlebenswichtig, wer noch irgendwie vor hat, Geld zu verdienen, kommt nicht ohne aus. Aber das habe ich nicht mehr vor. Ich will kein Geld mehr verdienen, das ist mein voller Ernst. Jedwede Tätigkeit, die sich dazu eignet, werde ich strikt vermeiden.

Täusche ich mich, oder macht der Sack ein komisches Gesicht, während ich den Mac aufstelle, den Stecker in die Steckdose stecke (Dreifachwiederholung, krasser Stilfehler, aber egal) und ihn hochfahren lasse? Sollte er etwa eifersüchtig sein? Darauf kann ich im Moment keine Rücksicht nehmen, werde mich später um ihn kümmern. Der Mac stand im Keller, wo wir unser Büromaterial lagern, Kopierpapier, Druckerpatronen, Klarsichthüllen und so was. Keller ist nicht ganz richtig, es ist in einzelner Raum im Stockwerk unter uns, gehörte eigentlich zur Wohnung nebenan, aber das Paar, das dort vor ein paar Jahren einzog, wollte nicht so viel Miete zahlen und überließ uns ein Zimmer zur Untermiete. Damals hatten wir die Idee, uns selbständig zu machen, eine kleine Werbeagentur aufzuziehen, erst mal neben unseren Jobs, bevor wir den Sprung ins kalte Wasser wagten, na ja, wir hatten viele Pläne im Lauf der Jahre, immer wieder andere, mehr oder weniger abenteuerlich, aber zuletzt haben wir keinen davon verwirklicht, sondern einfach unsere gut bezahlten Jobs behalten mitsamt dem Frust und Stress und Burnout, über den man abends beim Italiener so schön jammern und von

18

dem man sich ab und zu durch getürkte Krankschrei-
bungen erholen konnte.

Es dauert eine Weile, bis der Bildschirm im vertrauten
Blau leuchtet, und ich mich wieder zurechtfinde. Als
Erstes lösche ich die Fotos.
„Wollen Sie wirklich das Album ‚Skiferien in Obertau-
ern' löschen?" fragt er mich ungläubig, und ich klicke
auf „löschen". Ja ich will! Yes I can!
„Wollen Sie wirklich das Album Mittelmeer-Kreuzfahrt
auf der Aida löschen? Wellnessurlaub mit meinen
Freundinnen? Golf-Schnupperkurs in Neuseeland?"
Alles weg ohne noch mal reinzuschauen. Erinnere mich
nicht mehr daran.
„Wollen Sie wirklich das Album ‚Eule' löschen?" Eule?
Ich mache es auf und erinnere mich! Das war im Herbst
vor drei Jahren gewesen, wir wollten spontan irgendwo
hin fliegen, konnten uns auf kein Ziel einigen — USA?
Zu stressig. Malediven? Zu weit. Südfrankreich? Nichts
mehr zu kriegen. Also blieben wir zuhause. Fuhren
jeden Tag irgendwo raus, wandern, ins Museum, Stadt-
touren. Das war richtig schön, noch nie hatten wir uns
die nahe Umgebung so intensiv angesehen, hatten keine
Ahnung gehabt, was es da alles zu sehen gibt. Und dann
am letzten Sonntag der Spaziergang im herbstlichen
Wald, Sonnenstrahlen, die durch farbiges Laub fallen,
Geruch nach Pilzen und feuchter Erde. Das letzte Stück
kürzten wir ab, eine ungemähte Wiese hinunter, ich ging
hinter Karsten her, vorsichtig im feuchten Gras, hatte
Angst auszurutschen, da hörte ich ihn rufen: „Komm
mal her, ich hab was gefunden!" Ich lief zu ihm runter,
er hockte auf dem Boden und betrachtete irgendwas, das
im hohen Gras lag. Als ich neben ihm stand, schob er
die Halme auseinander und ich blickte in zwei orange-
farbene Augen. Eine Eule! Noch nie hatte ich eine so in
der Nähe gesehen, ehrlich gesagt, ich hatte überhaupt

noch nie eine gesehen, nur auf Fotos. Sie knappte mit dem Schnabel und fauchte wie eine Katze.

„Was ist mit ihr?"

„Keine Ahnung, vielleicht hat sie einen Flügel gebrochen, jedenfalls bleibt sie hier sitzen und fliegt nicht weg. Das ist ja wohl nicht normal, denke ich."

Was tun? Wer kann einem am Sonntag Nachmittag sagen, was man mit einer flugunfähigen Eule anfangen soll? Karsten telefonierte rum, nach einiger Zeit hatte er jemanden ausfindig gemacht, der für so was zuständig war.

„Wir sollen die Eule in ein Decke einwickeln, vorsichtig, damit sie uns nicht verletzt und wir sie nicht. Dann sollen wir sie in die Wildtierstation bringen, nicht weit von hier, er hat mir den Weg beschrieben."

„In was für eine Decke?" Karsten zuckte mit den Schultern, darüber hatte er wohl nicht nachgedacht. Unser Auto stand nicht weit weg, aber eine Decke hatten wir nicht dabei. Ich zog meine Windjacke aus und den Pullover, den ich drunter anhatte, und kniete mich neben die Eule. Sie fauchte und grub ihren gebogenen Schnabel in die Wolle, während ich versuchte, sie aus dem Gras rauszuholen, aber was wie Grashalme aussah, war eine besonders ekelhafte Sorte Kletten, die sich im Gefieder der Eule festgesetzt hatte. Karsten hatte wie immer sein Taschenmesser dabei und operierte damit den Vogel aus der Botanik. Wir lieferten die Kleine zusammen mit meinem Pullover bei der Auffangstation ab. Es war ein richtig teurer Pullover, Armani, so was konnte ich mir damals leisten, ich sah ihn nie wieder, aber die Eule war es wert.

Dyskalkulie

Die Sonne scheint und ich beschließe, einen Ausflug in die Stadt zu machen, zu Fuß. Erstens brauche ich Bewegung und frische Luft, in den beiden ersten Tagen meines neuen Lebens habe ich die Wohnung nur einmal verlassen, um über die Straße zum Supermarkt zu gehen. Zweitens muss ich wieder lernen, mich zu orientieren. Früher (das heißt, vor dem Unfall) fiel mir das leicht, auch in einer fremden Stadt hatte ich kein Problem, mich zurecht zu finden. Jetzt fühle ich mich überall wie in einem Labyrinth, nach der ersten Abbiegung habe ich den Überblick verloren. Ein Auto mit Navi, das wär's, überschreitet aber definitiv mein Budget. Als ich nach dem Umzug den Transporter bei InterRent abgab, wurde mir plötzlich klar, dass das wahrscheinlich meine letzte Autofahrt in diesem Leben war. Aber egal.

Draußen lege ich mir einen zielgerichteten Schritt zu, das heißt, den hatte ich eigentlich schon immer, Trödeln war nie mein Ding, aber streng genommen gibt es keinen Grund für zielgerichtetes zügiges Gehen, denn ich habe kein Ziel und keine Termine. Trotzdem gebe ich mir den Anschein, als hätte ich etwas Dringendes zu erledigen.

Das Nichtauskennen hat auch positive Nebenwirkungen, denn ich sehe jetzt andere Sachen als früher. Zum Beispiel die Leute, deren Arbeitsplatz die Straße ist, die ihr Geld verdienen, indem sie ein Instrument spielen oder als Marmorfigur an der Ecke stehen. Andere stellen ihre Armut oder ein Gebrechen zur Schau, das sie vielleicht gar nicht haben, aber der Appell an das schlechte Gewissen der Passanten zahlt sich aus. Dann gibt es noch die Unverfrorenen, junge Typen mit oder ohne Hund, die aggressiv um einen Euro für Essen bitten, die Bierflasche in Sichtweite. Das funktioniert auch. Ich analysiere finale Geschäftsideen für den Fall, dass ich sie eines Tages brauchen werde. Weil ich die Miete nicht mehr bezahlen kann oder krank werde (meine Krankenversicherung habe ich gekündigt). Zum ersten Mal schaue ich mir diese Leute wirklich an und kaufe einem netten Jungen eine Obdachlosenzeitung ab. Wünsche ihm einen guten Tag. Er lächelt. Sehr weit bin ich nicht von ihm entfernt, aber immerhin habe ich ein sicheres, wenn auch kleines Einkommen: die Rente, meinem Alter entsprechend niedrig, und ein paar Euro Zinsen von Abfindung und Schmerzensgeld, die der Bankmensch für mich angelegt hat. Wie viel da monatlich zusammenkommt, hat er mir vorgerechnet, ich habe es schon wieder vergessen, denn Zahlen verstehe ich nicht mehr. Ziffern sagen mit so viel wie Keilschrift und meine Rechenkompetenz ist etwa die eines zweijährigen Kindes. Meinen Job musste ich aufgeben, wegen fast vollständiger Dyskalkulie, ausgelöst durch ein Schädel-Hirn-Trauma.

Lesen kann ich noch, Glück gehabt, auf Zahlen verzichte ich gern, das macht das Leben irgendwie entspannter, aber ohne die Parallelwelt der Bücher käme ich nicht zurecht. Also zu Thalia, in den Regalen stöbern, seit drei Monaten bin ich nicht mehr auf dem Laufenden, was die Literaturszene so treibt. Gibt es interessante Neuerscheinungen? Oder verborgene Schätze, über die niemand redet? Irgendwann sagt mir mein Magen, dass ich mich für ein Buch entscheiden sollte, die Uhr sagt, dass ich drei Stunden mit Lesen verbracht habe (analoge Uhren sind kein Problem), mit der Zeit nehme ich es auch nicht mehr so genau. An der Kasse werde ich dann doch ungeduldig, lege einen Schein hin, die Frau sieht mich fragend an, also zu wenig, ich lege noch einen dazu und lächle entschuldigend. Draußen habe ich für einen Moment vergessen, dass mein Leben sich geändert hat, und nehme Kurs aufs Parkhaus, bis mir einfällt, dass ich kein Auto besitze und zu Fuß hergekommen bin. Ich mache auf dem Absatz kehrt und gehe in die Richtung, in der sich mein neues Zuhause befindet.

Die Wohnblocks Feldstraße 23 sind nicht weit von der Innenstadt entfernt, trotzdem bin ich früher nie in dieser Straße gewesen, sie gehörte ganz einfach nicht zu meiner Stadt. Ich bin in eine andere Stadt gezogen, als ich die Adresse gewechselt habe. Unterwegs mache ich eine Entdeckung. Eine Telefonzelle. Aber nicht zum Telefonieren. Sie ist zu einer Mini-Bibliothek umfunktioniert worden. Man kann ein Buch hinbringen, das man loswerden will, und ein anderes dafür mitnehmen. Genialer Gedanke, denn das Problem mit Büchern ist ja, dass sie die Tendenz haben, sich ziemlich unkontrolliert zu vermehren. Jedenfalls wenn man ein ziemlich süchtiger Leser ist. Mein Problem mit dem Tauschsystem wäre allerdings, dass ich mich von den meisten Büchern, die ich gelesen habe, nicht trennen kann. Ich muss sie in Reichweite haben, ab und zu die Titel auf den Buchrücken lesen und mir in Erinnerung rufen, was drinsteht. Aber ein paar sind dazwischen, die könnte man schon mal gegen andere eintauschen, ehrlich gesagt, es gibt auch welche, die ich gerne los werden würde, aber ich kann Bücher nicht wegwerfen. Und Bücher, die ich nicht mag, kann ich auch nicht verschenken. Also, man sollte es sich gut überlegen, bevor man sich mit einem Buch einlässt, es könnte zur unangenehmen Kategorie der falschen Freunde gehören. Natürlich kann ich es nicht lassen, die Telefonzelle zu betreten und mir die Bücher anzuschauen, trotz knurrendem Magen. Mein Lesehunger ist definitiv stärker.
Beim Hinausgehen halte ich die Tür einem älteren Herrn mit weißem Haar und ebensolchem Bart auf, er bedankt sich und mustert die Regale. Ich habe das Gefühl, ihn heute schon mal gesehen zu haben. Saß er

nicht an der Ecke beim Kaufhof, versunken in ein Buch, sodass er gar nicht bemerkte, wenn jemand (zum Beispiel ich) eine Münze in seinen fleckigen, ehemals eleganten schwarzen Hut warf, der jedenfalls schon bessere Zeiten gesehen hatte? Ich bleibe stehen und beobachte, wie er einen Band aus dem Regal zieht und das Buch, das er unter den Arm geklemmt hat, dafür hineinstellt, einen dicken Wälzer mit grünem Einband. Jetzt will ich wissen, was er sich ausgesucht hat, bleibe vor einem Schaufenster stehen, bis er an mir vorbeigeht, und entziffere den Titel auf dem Buchrücken, der unter seinem Ellenbogen hervorschaut: „Harry Potter und der Stein der Weisen". Was hat er für den ersten Harry-Potter-Band eingetauscht? Ich gehe zurück zur Telefonzelle, suche nach einem grünen Einband, da steht das Buch: „Kritik der reinen Vernunft" von Immanuel Kant, philosophische Bibliothek, Felix Meiner Verlag. Der Alte fängt an, mich zu interessieren. Ich schlage das Buch auf, innen klebt ein Exlibris, Prof. Dr. Gregor Stein. Ich nehme das Buch mit. Einen Augenblick denke ich darüber nach, meinen neu erworbenen Roman an seiner Stelle da zu lassen, um die entstandene unübersehbare Lücke auszufüllen, aber ich will ihn gerne lesen. Also verlasse ich die Telefonzelle mit einem mir unrechtmäßig angeeigneten Hauptwerk der abendländischen Philosophie, von dem ich garantiert kein Wort verstehen werde, aber vielleicht bringt es mich auf die Spur eines ehemaligen Professors, dem an der Ecke beim Kaufhof manche Leute einen Euro in den Hut werfen, weil er in aller Öffentlichkeit ein Buch liest.

Zuhause beiße ich in ein trockenes Frühstücksbrötchen, lasse mich auf dem Sack nieder, schlage das Buch auf - nein, nicht den Roman - und versuche, zu lesen. Da stehen zwar keine Zahlen, sondern Buchstaben, die sich zu Worten und Sätzen formieren - und was für Sätzen! -

aber ich verstehe genau so wenig, als bedeckten endlose Gleichungen die Seiten. Mit anderen Worten: ich verstehe nichts! Mit wachsendem Ärger blättere ich weiter, immer schneller, auch eine Art Pageturner, dieses Buch, allerdings von der weniger spannenden Sorte. Aber dann bleibe ich an einem Satz hängen:

„Die Bedingungen der Möglichkeit der Erfahrung sind zugleich die Bedingungen der Möglichkeit der Gegenstände der Erfahrung."

Zugleich höre ich eine unangenehm scharfe Stimme neben meinem rechten Ohr.

„Erinnern Sie sich?"

Niki

Ich lese jeden Tag, arbeite mich durch die „Kritik der reinen Vernunft", die Stimme begleitet mich und versucht, zu erklären, was ich nicht verstehe. Manchmal verstehe ich es trotzdem nicht, dann gehe ich in die Stadt und suche nach dem Professor. So nenne ich ihn für mich, obwohl ich natürlich nicht weiß, ob der Name auf dem Exlibris wirklich seiner ist. Wie sollte ein Prof. Dr. Stein es hinkriegen, auf der Straße zu landen? Beamter, Rentenanspruch, geistige Elite, oberste Kategorie. Von so weit oben abzustürzen wäre schon ein besonderes Kunststück. Aber woher auch immer dieses Buch stammt, der Professor hat darin gelesen, als ich ihn zum ersten Mal sah (er machte auf mich nicht den Eindruck, als gäbe er nur vor, darin zu lesen), und inzwischen weiß ich, was das bedeutet.

An den beiden folgenden Tagen habe ich kein Glück, seine Ecke beim Kaufhof ist von einem jungen Typ mit Nasenring und Irokesenfrisur und seinem sehr viel sympathischeren Hund besetzt. Vielleicht gibt es feste Regeln, wer wann wo sitzen darf, mal in der besseren Gegend (A-Lage sozusagen), mal mehr im Abseits. Ich grase systematisch die Innenstadt ab, finde ihn aber nirgends. Dafür passiert das, was ich schon lange befürchtet habe. Ich begegne jemandem aus meinen früheren Leben. Karla.

„Haloooooo??!" Bemühte Ahnungslosigkeit mit dem sehr deutlichen Unterton: 'ich weiß natürlich, was mit dir los ist'.

„Hallo. Wie geht's dir?" (bevor sie mich das fragt, was ohnehin nicht zu vermeiden ist, verschaffe ich mir einen kurzfristigen Vorteil).

„Ach, ja, ganz gut, das Übliche eben. UND DIR???"

„Auch ganz gut. Das Übliche eben." Für einen Moment habe ich sie aus dem Konzept gebracht, nach allem, was sie vermutlich gehört hat, hatte sie diese Antwort wohl nicht erwartet.

„Wie schön für dich. Hast ja schon immer alles locker genommen. (Wirklich? Hatte sie diesen Eindruck von mir?) Bei uns läuft's grade nicht so rund! (Aha, Probleme mit Olli, ihrem Supergatten? Geht er fremd? Lässt sie womöglich mit den zwei Kindern sitzen?) Du kannst dir nicht vorstellen, was für einen Stress ich habe! Meine Haushaltshilfe hat gekündigt, ach was, sie ist einfach weggeblieben ohne was zu sagen, die Wohnung sieht aus wie nach einem Hurrikan, Oliver hat gedroht, er werde ab sofort im Hotel übernachten, meine Tochter sieht natürlich keinen Grund, mir zu helfen, für Hausarbeit hat sie keine Zeit, und ich kann ja schließlich nicht frei nehmen mit der Begründung, ich muss mal dringend unsere Wohnung aufräumen."

Dann sage ich etwas, ohne darüber nachzudenken, was für Konsequenzen es hat.

„Ich hab grade nicht so viel zu tun, ich könnte dir helfen."

„Du meinst..."

„Ich meine, ich könnte kurzfristig für deine Perle einspringen und deine Wohnung putzen, bis du jemand anderen hast, einmal die Woche."

„....."

Ich weiß nicht, was mich geritten hat, ihr das anzubieten. Aber jetzt gibt es kein Zurück mehr. „Es ist mein Ernst, Ordnung machen war schon immer mein Ding, es macht mir ganz einfach Spaß."

Sie erwacht aus der Starre, in die mein Vorschlag sie versetzt hat. „Klar, wenn du willst, gerne, es würde mir wirklich sehr helfen! Natürlich bezahle ich dich dafür."

„O.k., gib mir einfach das Gleiche wie deiner Perle."

„Also, zehn Euro die Stunde, ist das in Ordnung?"

Keine Ahnung, was sie ihrer Putzfrau bezahlt hat und ob das in Ordnung ist. „Ist in Ordnung. Wann soll ich anfangen?"

„Am Besten gleich morgen! Wir gehen alle um acht Uhr aus dem Haus, dann kannst du loslegen. In drei Stunden bist du durch. Ich lege das Geld auf den Küchentisch." Sie schaut mich kurz an, als könne sie nicht glauben, dass ich das wirklich tun will. „Wo wohnst du eigentlich jetzt? Kann ich dich irgendwie erreichen?"

„Leg mir einen Zettel hin, wenn du mir was mitteilen willst. Falls nicht anders vereinbart, komme ich jede Woche." Sie kramt ihren Schlüsselbund aus der Handtasche und gibt mir Hausschlüssel und Wohnungsschlüssel.

Ich kenne die Wohnung von Karla und Oliver, Karsten und ich waren eine Zeitlang mit den Beiden befreundet. Das lockerte sich, als ihre Tochter da war und bei uns sich nichts dergleichen meldete. Dann zogen sie den Kontakt mit anderen Elternpaaren vor. Eltern können im Allgemeinen mit nicht-Eltern nichts anfangen, und umgekehrt genauso, denn niemand, der es nicht grade selbst mitmacht, kann sich in diese Eltern-Psychose hineinversetzen und wirklich nachvollziehen, was da mental abgeht. Und wer grade selbst drinsteckt, findet es unerträglich, mit Leuten zusammen zu sein, die grade nicht drinstecken. Um neun Uhr am nächsten Morgen stecke ich den Schlüssel ins Schloss.

Ich kenne die Wohnung ist nicht ganz richtig, *ich kannte* die Wohnung. Ich kannte sie, als sie noch so gestylt und aufgeräumt aussah wie auf einem Foto in Schöner Wohnen. Jetzt sieht es hier aus wie in der Wohnung von Leuten, die ihr Leben nicht im Griff haben (vielleicht sieht es ja nicht nur so aus.) Ich versuche, durch den Flur zu kommen, ohne über Jacken, Sporttaschen, Tennisschläger, leere Sprudelflaschen und volle Müllbeutel zu stolpern. Im Wohnzimmer liegen Klamotten auf Sesseln und Sofa, Schuhe auf dem Boden verstreut, Schulbücher neben leeren Kaffeetassen und angebissenen Muffins. Ich schlage mich bis zur Küche durch. Auf dem Tisch zwischen halbvollen Müsli-Tellern liegt ein Zettel, „danke, du bist ein Schatz", darauf drei rosafarbene Scheine. Erwartet sie etwa von mir, dieses Chaos in drei Stunden zu bewältigen?

Um drei Uhr mache ich Schluss, weil ich befürchte, dass Dora irgendwann auftaucht. Während ich meine Jacke anziehe, betrachte ich zufrieden mein Werk. Zugegeben, ich hab mir ein paar Freiheiten herausgenommen, die sich eine normale Putzfrau nicht getraut hätte. Ich habe die herumliegenden Klamotten ordentlich in den Schränken verstaut, in die sie meiner Meinung nach gehören. Bei dieser Gelegenheit habe ich das Schlafzimmer inspiziert und darauf verzichtet, das Bett abzuziehen, was nötig gewesen wäre. Genug, dass ich zwei Maschinen Wäsche gewaschen und, soweit möglich, die Sachen durch den Trockner gejagt habe, um sie dann ebenfalls sorgfältig zusammengelegt in die Schränke einzuordnen. Aber ich will mir noch was für nächste Woche aufheben. Außerdem habe ich die Kinderzimmer betreten, es sind zwei, denn Dora hat einen kleinen Bruder, dessen Existenz mir nicht mehr in Erinnerung war, denn als er auf die Welt kam, war unsere Freundschaft schon etwas abgekühlt. An der Tür zu seinem Zimmer steht „Niki". Dieses Zimmer ist eine Oase der Ordnung im familiären Chaos, als ich es betrete, bleibe ich erst mal einen Moment ehrfürchtig stehen und sehe mich um. Ein Bett mit aufgeschütteltem Kopfkissen und umgeschlagener Bettdecke. Ein Schreibtisch, auf dem die Stifte parallel zum Schreibblock liegen, das i-Pad zum Aufladen an den Computer angeschlossen. Ein Bücherregal! Ich sehe mir die Titel an, alle Harry-

Potter-Bände in einer Reihe, Schulbücher, jede Menge Naturführer: Schmetterlinge, einheimische Baumarten, Vogel- Bestimmungs-Bücher. Und, ich traue meinen Augen nicht, ein Buch, das es eigentlich gar nicht mehr gibt, mein Lieblings-Kinderbuch: Latte Igel! Der kleine mutige Igel, der auszieht, um den Wasserstein aus der Gewalt der Bären zu befreien und die verdurstende Welt zu retten, Luchse und Wölfe lassen ihn unbehelligt durch ihre Reviere wandern, weil sie sowieso nicht glauben, dass dieses kleine, unscheinbare, mit keinen besonderen Fähigkeiten begabte Wesen sich gegen die Bären behaupten kann, aber klar, er schafft es, mopst den Wasserstein aus der Bärenhöhle, trickst auf dem Heimweg alle Räuber aus, die ihn ihm wieder abjagen wollen, bringt ihn zurück an seinen Ort, Bäche und Flüsse füllen sich wieder mit Wasser und die Welt beginnt zu blühen! Bevor ich die Wohnung verlasse, gehe ich noch mal in Nikis Zimmer, ziehe Latte Igel aus dem Regal und lese und versinke in meiner Kindheit.

„Bist du die neue Putzfrau?"

Beinahe fällt mir das Buch aus der Hand. In der Tür steht ein Junge, etwa zehn Jahre alt, er sieht aus als wäre er grade einem seiner Harry-Potter-Romane entsprungen, wuschelige Haare, Stupsnase, runde Brillengläser.
„Äh, ja, ich bin die neue Putzfrau", antworte ich verlegen und schiebe das Buch zurück ins Regal.
„Nicht schlecht für den Anfang. Bin mal gespannt, wie lange du durchhältst. Länger als ein halbes Jahr hat es noch keine ausgehalten."
„Ach weißt du, mir macht es Spaß, je schlimmer desto besser."
„Ich meine nicht die Wohnung, die ist schlimm genug, aber noch schlimmer ist meine Mutter. Sie hat es bis jetzt geschafft, alle zu vergraulen, vor allem die, die sich

wirklich bemüht haben. Ich glaube, sie will nicht, dass man ihr hilft, sie will im Chaos versinken und darüber verzweifeln und mir und meiner Schwester und meinem Vater die Schuld geben."

Mir bleibt die Spucke weg, so habe ich noch nie einen Zehnjährigen über seine Familie reden hören, und das auch noch mit dem unschuldigsten Gesicht der Welt. Irgendwie muss ich kontern und sage, was ich die ganze Zeit denke, seit ich die Tür zu seinem Zimmer aufgemacht habe.

„Du gehörst ja wohl nicht zu dieser Familie, wie es scheint. Dein Zimmer jedenfalls ist Teil eines anderen Universums."

Er schaut mich einen Moment verdutzt an, dann breitet sich ein Grinsen auf seinem Gesicht aus. „Da hast du völlig recht. Aber was kann ich dafür, dass ich eines Morgens in dieser Muggel-Familie aufgewacht bin und mich nicht mehr an mein früheres Leben erinnern konnte? Ich warte schon lange darauf, dass endlich jemand zu mir sagt: deine Eltern sind nicht wirklich deine Eltern, dein richtiger Vater ist ein großer Zauberer und du wirst in Hogwarts aufgenommen, um deiner wahren Bestimmung zu folgen."

„Wenn es wirklich so ist, dann wirst du es rechtzeitig erfahren, da bin ich ganz sicher. Aber ich muss jetzt los, bevor der Rest der Familie auftaucht. Nächste Woche komme ich wieder."

„Vergiss deine dreißig Euro nicht, sie liegen noch auf dem Küchentisch. Geld scheint dich ja nicht besonders zu interessieren. Und - warte mal", er geht an mir vorbei, greift ins Bücherregal und zieht Latte Igel heraus.

„Das schenke ich dir. Es ist was für Kinder, nichts für mich, aber es hat dir gefallen, denke ich." Er drückt mir das Buch in die Hand und wendet sich seinem Computer zu. Ich mache, dass ich wegkomme, halte das Buch fest wie eine wiedergefundenen Schatz.

Dann streune ich durch die Stadt, habe keine Lust, nach Hause zu gehen, suche den Professor, finde ich nicht, also gehe ich doch nach Hause und begrüße den Sack, der auf mich wartet. Er liegt zerknautscht in seiner Ecke und schaut mich mürrisch an. Vielleicht sollte ich ihm einen Namen geben, damit er besserer Laune wird. Balu fällt mir ein aus dem Dschungelbuch. Aber das klingt irgendwie zu gemütlich, und außerdem ist es zu lange her, sozusagen vor seiner Zeit. Zu seinem Gesichtsausdruck passt Manni, das mürrische Mammut aus Ice Age. Mürrisch, aber gutmütig und hilfsbereit, tut alles für seine Herde und sogar für das Baby der Menschen, die seine Familie getötet haben. So jemanden brauche ich! Im Kühlschrank steht noch die angebrochene Flasche Wein, ich gieße mir ein Glas ein und proste Manni zu, auf unsere gemeinsame Zukunft!

Mitten in der Nacht wache ich auf. Seit ich hier bin, schlafe ich jede Nacht durch, anfangs war es eine ganz neue Erfahrung, die Augen erst aufzumachen wenn es hell war, zumindest in dieser Jahreszeit, Spätsommer, beinahe schon Herbst, deshalb irritiert mich für einen Moment die Dunkelheit. Da war ein Geräusch, das mich geweckt hat, nicht laut, aber irgendwie beunruhigend. Ich stehe auf, mache Licht, lausche, nichts. Dann wieder, ein leises Stöhnen, es kommt aus der Wohnung nebenan. Ich gehe raus auf den Flur, klingle bei der Nachbarin, keine Reaktion, ich klopfe an ihrer Tür, rufe ihren Namen, nichts. Vielleicht habe ich mir das Geräusch ja nur eingebildet, oder sie hat im Traum gestöhnt und schläft so tief, dass sie mein Klingeln und Klopfen nicht hört, aber jetzt kann ich nicht mehr schlafen, wenn ich nicht weiß, was los ist. Ich gehe raus auf den Balkon, der Nachbarbalkon ist nur durch einen Sichtschutz von meinem getrennt. Im Dunkeln kann man nicht so deutlich sehen, wie tief es runtergeht, also setze ich mich rittlings aufs Geländer, hänge ein paar Sekunden unschlüssig über dem Abgrund, klammere mich an die Abtrennung und schaffe es, ein Bein hinüberzuschwingen. Nun gibt es kein Zurück mehr, ich verlagere mein Gewicht, rutsche aufs Nachbargeländer und stehe auf dem Balkon der netten alten Dame, die meine Nachbarin ist und der ich noch immer keine Blumen gebracht habe. Ich lege die Hände an die Fensterscheibe und versuche, ins Zimmer zu sehen, kann aber nichts erkennen. Sie hat die Balkontür auf Kipp gestellt, ich stecke meinen Arm durch und greife nach unten, bis es mir das Blut abklemmt, erreiche aber den Türgriff nicht. Wieder höre ich ein leises Stöhnen, es treibt mich zur Eile! Dann entdecke ich einen Besen, schaffe es, mit dem Stiel den Türgriff runterzudrücken und stehe in ihrer Wohnung. Meine Nachbarin liegt auf dem Bett und röchelt, ich fasse sie sanft am Arm, versuche, sie aufzuwecken, keine Reaktion, sie atmet nur noch ganz flach. Das Telefon steht neben ihrem Bett, ich rufe den Notarzt und warte. Nach einer Weile höre ich ihren Atem nicht mehr, kein Puls zu fühlen, aber vielleicht suche ich an der falschen Stelle. Panik steigt in mit hoch, sie wird doch nicht sterben, endlich höre ich das Martinshorn, draußen Blaulicht, ich winke und rufe vom Balkon runter, drücke den Türöffner, warte auf dem Flur.

„Ist sie Ihre Mutter?" fragt der Arzt, als er die Hand der Frau loslässt und sanft auf ihre Brust legt. Ich schüttle den Kopf. „Nein, ich wohne nebenan. Ich habe ein Geräusch gehört und mir Sorgen gemacht, dann bin ich über den Balkon gestiegen und sozusagen eingebrochen."

„Schön, dass es so aufmerksame Nachbarn gibt! Aber leider können wir nichts mehr für sie tun."

Ich hatte sie zum Tee einladen wollen, irgendwann einmal. Ich hatte sie ein bisschen als mütterliche Freun-

33

din eingeplant und mich als fürsorgliche Ersatz-Tochter. Ohne dass es mir bewusst war, hat sie in meinen Gedanken eine Rolle gespielt. Ich vielleicht auch in ihren? Jetzt ist es für uns beide zu spät. Ein paar Tage nach ihrem Tod wird die Wohnung ausgeräumt, ich gehe vorbei und werfe einen Blick hinein, zwei junge Leute, vielleicht ihr Sohn und ihre Tochter, packen Kartons und wuchten Möbel herum, ich habe sie nie vorher gesehen.

Zum Friedhof sind es nur zehn Minuten zu Fuß. Im Blumenladen am Hauptportal kaufe ich den Strauß, den ich ihr vorbeibringen wollte. Im Büro des Friedhofsamtes frage ich nach ihrem Grab, eine freundliche junge Frau beschreibt mir den Weg. Es ist ein schöner Friedhof, uralte Bäume beschatten die Wege und breiten ihre Kronen über den Gräbern aus. Schade, dass die Bewohner dieses Parks ihn nicht mehr genießen können. Dafür tröstet er die Besucher, die Lebendigen, für die der Tod noch ein Problem ist. Für die Toten ist er das jedenfalls nicht mehr. Ich verlaufe mich ein bisschen in dem Labyrinth von grabsteingesäumten Wegen und komme dann an eine neu angelegten Grabstelle, einem Miniatur-Wohnblock sozusagen, Granitstelen, in denen jede Urne ihre Zelle mit Namensschild hat. Ich lese ihren Namen und lege die Blumen auf die Erde, da haben wenigstens noch ein paar andere was davon. Als ich da stehe, etwas verlegen, irgendwie im falschen Film, merke ich, dass die Luft sich verändert hat, es riecht auf einmal nach Herbst. Das liegt daran, dass einige Bäumen schon Blätter abgeworfen haben. Aber es liegt noch an was anderem, vielleicht am Einfallswinkel der Sonnenstrahlen, denn die Sonne scheint kräftig, strengt sich noch mal richtig an, kann aber das Herbstgefühl nicht vertreiben. Ich liebe das Herbstgefühl, bin darin zuhause. Sommersonne macht mich fertig. Ich mochte den Sommer noch nie, auch nicht als ich jung war. Wie sich das anhört: als ich jung war! Klar war ich mal jung, rein rechnerisch, aber nie wirklich. Das Jungsein war im Grunde genauso wenig was für mich wie der Sommer. Ich sauge den Herbstgeruch ein, grüße meine ehemalige Nachbarin, wo sie auch sein mag, und fühle mich plötzlich unverschämt glücklich, völlig unpassend für die Umgebung.

KdrV

Auf dem Rückweg begegne ich dem Professor. Er sitzt auf einer Bank in der Sonne und liest Harry Potter. Ich bin so happy, dass ich mich einfach neben ihn setze, was sonst wirklich nicht meine Art ist, und ihn frage, ob ihm das Buch gefällt. Er schaut mich groß an, taucht grade unfreiwillig aus einer anderen Welt auf.

„Kennen wir uns?" fragt er etwas unwillig.

„Ja und nein. Ich habe Sie beim Kaufhof gesehen."

„Gut. Dann wissen Sie ja, in welcher Branche ich arbeite."

Ich weiß nicht, was ich sagen soll.

„Manchmal sprechen mich ehemalige Studenten an" sagt er mehr zu sich selbst als zu mir. Also ist er wirklich Professor gewesen.

„Ich habe leider nicht bei Ihnen studiert. Manche Dinge versäumt man im Leben." Jetzt sieht er mich an.

„Sie wollen wissen, ob mir dieses Buch gefällt? Das ist nicht so einfach zu beantworten. Es ist überaus spannend zu sehen, wie tief manche Geschichten in jedem von uns stecken, ohne dass wir uns dessen bewusst sind. Der Vogel Phönix in einem Käfig im Treppenhaus, der unerwartet seine mythische Kraft entfaltet, ist eine solche Geschichte, und zugleich ein Bild für diesen Zusammenhang. Wir verstehen, was gemeint ist, ohne den Ursprung des Bildes zu kennen. Der Junge, der durch Mauern gehen kann und in einer anderen Welt landet, ist ein Bild für den Leser, der durch die Materie des Buches, das er in der Hand hält, in den Innenraum der Geschichte gelangt. Das ist ein ganz alltäglicher Vorgang, allen geläufig, die ab und zu ein Buch lesen, und zugleich ein großes Geheimnis. Und jetzt entschuldigen Sie mich bitte, ich muss unbedingt wissen, wie es weitergeht!" Er verschwindet wieder in der Geschichte, ich stehe auf und lasse ihn allein.

Ein paar Tage später sitzt er wieder an seinem Stammplatz beim Kaufhof. Er hat ausnahmsweise kein Buch in der Hand und starrt vor sich hin. Ich lege eine Münze in seinen Hut.

„Guten Tag Professor. Heute ohne Buch?" Er sieht mich an, als wäre ich grade auf einem Besen an ihm vorbei geflogen.

„Sie ist weg!"

Seine Stimme klingt verzweifelt. Hat seine Frau ihn verlassen? „Wer ist weg?" will ich fragen, aber er kommt mir zuvor.

„Meine KdrV ist weg."

„Ihre WAS??"

„Kritik der reinen Vernunft, Felix-Meiner-Ausgabe. Ich habe sie in der Lese-Zelle gegen den Stein der Weisen getauscht, und nun ist sie nicht mehr da. Noch nie hat sich jemand dafür interessiert, ich war ganz sicher, dass niemand sie jemals mitnehmen würde. Sie war mein Joker, mein alle-Bücher-Buch sozusagen, hielt die Stellung, bis ich mal wieder von der Belletristik genug hatte und reumütig zu ihr zurückkehrte. Sie hat mich noch nie versetzt, immer auf mich gewartet, aber den Tausch gegen Harry Potter hat sie mir anscheinend übel genommen."

Er sieht mich so traurig an, dass ich beinahe gesagt hätte: „Keine Sorge, sie ist bei mir, steht sicher in meinem Regal, ich habe das Buch mitgenommen, weil ich Sie beobachtet habe und etwas über Sie erfahren wollte. Ich lese jeden Tag darin!" Aber dann sage ich nur: „Oh, das tut mir leid", lege noch einen Euro in seinen Hut und gehe mit schlechtem Gewissen nach Hause. Dort nehme ich die KdrV aus dem Regal (schade, ich bin noch nicht fertig, aber ich kann den Professor nicht weiter um seine wichtigste Begleiterin trauern lassen), stecke das Buch in eine Plastiktüte von Aldi, gehe zur Telefonzelle, sehe mich um, ob jemand beobachtet, was ich tue, und stelle es an den Platz zurück, von dem ich es genommen habe, die Lücke ist noch da.

Putzen gehört zu den Arbeiten, die einen nicht am Nachdenken hindern, im Gegenteil. Deshalb mache ich das gern, schon früher, in unserer großen, unnötig und übertrieben großen Wohnung habe ich mich immer auf den Putztag gefreut. Am Samstag, wenn meine Freundinnen in die Stadt gingen, machte ich mich daran, aufzuräumen und sauberzumachen. Karsten flüchtete zum Fitnesstraining, ich war allein und konnte in Ruhe arbeiten. Niemand verstand, warum ich einen Tag meines Wochenendes daran verschwendete, den Staubsauger zu schwingen und Putzeimer zu schleppen, anstatt jemanden dafür zu bezahlen. Ich hätte es nicht erklären können, aber wenn ich die Wohnung in Ordnung brachte, brachte ich mich selbst in Ordnung. Und außerdem hätte ich mich geschämt, jemand anderen meinen Dreck wegmachen zu lassen. Diese Einstellung scheint unüblich zu sein, denn wie ich jetzt sehe, sozusagen von der anderen Seite aus, gehört es zum guten Ton, für die Putzfrau so viel Dreck und Unordnung wie möglich zu hinterlassen. Ich an Karlas Stelle hätte am Tag vorher wenigstens ein bisschen aufgeräumt, aber meine geschätzte ehemalige Freundin gibt sich geradezu Mühe, mir ausreichend Arbeit zu machen. Ihre Tochter sieht das offensichtlich genauso, oder sie wird von der Mutter instruiert, ihr Zimmer angemessen zu verwüsten, bevor ich zum Saubermachen antrete. Der Vater hinterlässt keine identifizierbaren Spuren in der Wohnung, anscheinend hält er sich nur selten hier auf, und Niki scheint einfach von Natur aus ordentlich zu sein. Sein Zimmer ist die Oase der Ordnung, wo ich mir Mut hole, um dem Chaos tu trotzen. Insgeheim hoffe ich auf eine versteckte Botschaft, irgendein Zeichen, dass er weiß, ich komme heute und denke an ihn wie an einen Verbündeten, und er denkt an mich. Aber da ist nichts, nur ein aufgeräumtes Zimmer. Ich will mich grade umdrehen und etwas enttäuscht rausgehen, da bleibt mein Blick an einem zusammengefalteten Blatt auf dem Schreibtisch hängen. Mit dem Gefühl, ihn auszuspionieren, falte ich es auseinander und lese in einem unerwarteten Anfall von Verzückung: „Liebe wie auch immer du heißt, ich habe 15 Euro pro Stunde für dich rausgeholt bei meiner notorisch geizigen Mutter, die es nicht nötig hat zu sparen, schon gar nicht bei dir! Wie war Latte Igel? Erinnere mich nicht mehr an den Inhalt, vielleicht erzählst du mir mal davon, wenn es dir gefällt kann es ja nicht wirklich schlecht sein. Bis dann, Niki." Auf dem Küchentisch liegen zwei hellblaue Scheine und ein kleinerer grüner, ich stecke sie gleich ein, nicht weil es Geld ist, sondern weil Niki es für mich erstritten hat. Bevor ich die Wohnung verlasse, schreibe ich auf seinen Zettel: „Danke für die Gehaltserhöhung und für die Geschichte aus meiner Kindheit. Wenn du willst, werde ich sie dir irgendwann erzählen."

Der wöchentliche Termin bringt ein bisschen Struktur in mein ansonsten terminfreies Leben. In der Woche nach der Gehaltserhöhung hoffe ich wieder auf eine Nachricht von Niki, aber es liegt kein zusammengefaltetes Blatt auf seinem Schreibtisch. Die Enttäuschung gestehe ich mir nicht ein, lese ein Paar gebrauchte Socken vom Boden auf und registriere im Vorbeigehen, dass auf der Tastatur ein kleiner Plüschigel sitzt. Der ist neu, ich habe ihn noch nie gesehen. Igel? Ich starte den Computer, fühle mich dazu berechtigt, und gebe ins Passwortfeld „Igel" ein. Falsch. Klar falsch! Ich gebe „Latte Igel" ein. Treffer!

„Ich wusste dass du klug bist! Meine notorisch neugierige und nicht völlig unintelligente Schwester hat meine Nachricht an dich gefunden, mit deiner Antwort drauf, und nervt mich seither. Was sie nicht weiß, ist, dass du mal mit meinen Eltern befreundet warst, du und dein Mann - dein Ex? Was ist passiert? Das finde ich total spannend - entschuldige, das ist nicht besonders feinfühlig von mir und ich verstehe, wenn du mir nichts darüber erzählen willst. Hast du eine E-Mail-Adresse? Ich denke eher nicht, wenn doch, würde es die Kommunikation vereinfachen. Übrigens, ich habe ein Stipendium für Hogwarts bekommen!"

Ich bin, ehrlich gesagt, ziemlich geplättet und antworte: „Du bist mir ein bisschen unheimlich, Harry/Niki. Wenn du willst, bleiben wir in Kontakt. Wie du richtig vermutest, habe ich keine E-Mail-Adresse, bin nicht vernetzt und nicht erreichbar, Einsiedlerin, wenn du weißt, was ich meine, aber jeden Mittwoch zuverlässig in deinem Zimmer, so lange deine Mutter meine Hilfe zu schätzen weiß." Ich schalte den Computer wieder aus und hoffe, dass seine clevere Schwester nicht das eigens für mich eingerichtete Benutzerpasswort rausbekommt. Wie ist Niki hinter mein kleines Geheimnis gekommen? Kein Problem für einen Jungen wie ihn, seiner Mutter die Würmer aus der Nase zu ziehen. Außerdem, warum sollte Karla nicht (mit der angemessenen Schadenfreude, stelle ich mir vor) von mir erzählen, ihrer in jeder Hinsicht gefallenen Freundin Lena? Der Unfall hat mich nicht nur den Job gekostet, sondern auch meine Ehe und überhaupt mein ganzes gewohntes scheinbar selbstverständliches sorgenfreies Luxusleben. Ich bin sozusagen aus meiner Welt gefallen. Anfangs besuchte Karsten mich jeden Tag in der Klinik, kümmerte sich wirklich rührend um mich. Als ich aus dem Gröbsten raus war, kam er auch noch drei Mal die Woche, brachte Blumen und Pralinen und vor allem Lesestoff mit, er weiß ja, was ich mag. Dann acht Wochen Reha, ein paar Kilometer entfernt, ich konnte nicht erwarten, dass er Lust hat, viel Zeit in der Klinik zu verbringen. Ein paar Tage vor meiner Entlassung eröffnete er mir dann, dass er mit Sandra zusammen ist, es schon vor dem Unfall war, und dass sie ein Kind von ihm erwartet.

Zwei Stunden später, ich bin gerade dabei, mit Backofenspray den hartnäckigen Verkrustungen zu Leibe zu gehen, höre ich die Wohnungstür aufgehen, etwas Schweres, Hartes fällt laut zu Boden, eine Tür knallt, ich schätze die zum Mädchenzimmer, nach einer Weile lautes Schluchzen. Das geht mich nichts an, ich schrubbe weiter den Backofen, danach schabe ich mit einer Klinge die eingebrannten Ränder vom Ceranfeld. Jedenfalls wird hier gekocht, die Luxusküche ist nicht nur zum Vorzeigen da. Ich bin so vertieft in meine Arbeit, dass ich erschrecke, als plötzlich ein junges Mädchen neben mir steht, wortlos den Kühlschrank öffnet, eine Milchflasche herausholt, an den Mund setzt und in gierigen Schlucken trinkt. Dann sieht sie mich kurz an, als wäre ich ein Alien, schmeißt die Kühlschranktür zu und verschwindet. Aber der Alien, scheint mir, bin nicht ich sondern sie. Die Augen schwarz umrahmt von zerlaufener Wimperntusche, schwarz lackierte Nägel, teuer zerrissene Jeans und High Heels, mit denen ich mir den Hals brechen würde. Das ist ein siebzehnjähriges Schulmädchen? Sie wirkt auf mich wie eine erwachsene Frau, die schon so ziemlich alles gesehen hat, was Frauen an Miesem im Leben begegnen kann. Dabei hat sie für mich nicht mal eine Begrüßung übrig, ich existiere anscheinend gar nicht für sie. Armes reiches Mädchen, denke ich, stecke meine drei Scheine ein und bin froh, die Tür hinter mir zu schließen.

Manchmal gehe ich zum Friedhof, bringe meiner Nachbarin Blumen ans Grab und setze mich auf die Bank. Vielleicht gehe ich auch nur dorthin, weil ich hoffe, den Professor zu treffen. Seit ich die KdrV an ihren Platz zurückgestellt habe, bin ich ihm nicht mehr begegnet, und auch die Stimmen sind verschwunden. Waren sie nur Einbildung? Vielleicht hat sich mein Geisteszustand wieder einigermaßen normalisiert. Aber, ehrlich gesagt, ich vermisse diese, na ja, Wahnvorstellungen. Irgendwie gaben sie mir das Gefühl, zu einem geheimen Plan zu gehören, Teil eines Zusammenhanges zu sein, den ich nicht verstehe, und jetzt bis ich einfach wieder ein Niemand, wie vorher. Außerdem möchte ich gerne wissen, warum Kants Kritik der reinen Vernunft eine so große Wirkung auf unser Denken hatte, ich möchte dieses Buch verstehen. Aber wie soll ich das ohne die Stimmen und ohne den Professor? Eines Tages sitzt er tatsächlich wieder auf der Bank, ich setze mich neben ihn, er grüßt mich freundlich und wendet sich gleich wieder dem wohlbekannten grünen Felix-Meiner-Band zu.

„Sie haben also Ihren Joker wieder", störe ich seine Lektüre.

„Wie? Ach ja, Sie erinnern sich an das, was ich sagte! Tatsächlich, sie war wieder da! Wer sie mitgenommen hatte, konnte wohl nichts mit ihr anfangen und hat sie ehrlicherweise wieder ins Regal gestellt."

„Ich kann jeden verstehen, der mit diesem Buch nichts anfangen kann. Ich habe mal versucht, ein Stück weit darin zu kommen." Er sieht mich erstaunt an.

„Ja, vor langer Zeit studierte ich ein paar Semester Philosophie", lüge ich.

„Und dann haben Sie aufgegeben. Warum?"

„Na ja, man sollte mit irgendwas Geld verdienen, und dazu eignet sich der Beruf des Philosophen nur bedingt."

„Da haben Sie recht."

Sein Blick kehrt zurück auf die Buchseite. Offenbar hat er kein Interesse an einer Unterhaltung, aber ich lasse nicht locker, das hier ist, so scheint es mir, meine letzte Chance, in die Welt der Philosophie einzudringen, wenigstens ein kleines Stück weit, ich muss sie nutzen, auch wenn ich mich vielleicht blamiere, muss ihn irgendwie überraschen, etwas sagen, womit er nicht rechnet. Am Besten, ich gehe gleich zum Angriff über.

„Ich denke, Kant liegt ziemlich daneben, wenn er die Natur auf die Gegenstände möglicher Erfahrung reduziert. Die Natur ist die Bedingung der Möglichkeit unserer Erfahrung, klar, sie hat unser Gehirn hervorgebracht und die Dinge, mit denen sich unser Denken beschäftigt, aber unsere Vernunft und unser Wahrnehmungsvermögen sind begrenzt. Warum sollte es nicht Dinge geben, die sich unserer Erfahrung entziehen?"

„Ich habe es gewusst, diese Person ist unzuverlässig! Sie wird unser Projekt in Gefahr bringen!"

„Sie ist nicht unzuverlässig, sie wagt es nur, ihren eigenen Verstand zu gebrauchen."

Der Professor lässt das Buch sinken und dreht sich zu mir um. (Ich frage mich, ob er auch die Stimmen gehört hat, die ich gehört habe; es sieht nicht danach aus, aber vielleicht sind sie ihm ja genauso vertraut, wie sie mir inzwischen geworden sind. Gleichzeitig überlege ich, wie alt er wohl sein mag. Abgesehen von den weißen Haaren sieht er beinahe jung aus.) Sein Schweigen dauert etwas zu lang, er ist nicht sicher, auf welcher Ebene er das Gespräch fortsetzen soll. Und ich bin nicht sicher, ob meine von höchster Stelle gesponserte, aber verfrüht abgebrochene Lektüre der KdrV für ein philosophisches Gespräch ausreicht. Dann hat er sich entschieden, klappt das Buch zu und legt es neben sich auf die Bank.

„Kant wollte die Philosophie retten. Es war ein Schachzug im Streit mit dem Empiristen David Hume. Die Konsequenz, die sich aus Humes Argumentation ergibt, war für Kant ebenso klar wie inakzeptabel, nämlich dass wir nichts Sicheres über die Welt wissen können. Sätze wie 'alle Körper fallen, wenn sie nicht daran gehindert werden, zu Boden' sagen etwas Konkretes über die Welt aus. Sie enthalten Informationen, die wir aus Erfahrung gewonnen haben, und wenn wir oft genug beobachten, dass Körper zu Boden fallen, schließen wir daraus, dass sie das mit einer gewissen Notwendigkeit tun und dass es auch in Zukunft so sein wird. Aber solche Sätze sind nicht in strengem Sinn notwendig, das heißt: es könnte auch anders sein, ein einziger abweichender Fall widerlegt sie. Logisch notwendige Sätze dagegen sind wahr aufgrund der Struktur unseres Denkens, ihr Gegenteil ist unmöglich, weil es einen Widerspruch enthält. Wir wissen unabhängig von unserer Erfahrung, dass sie wahr sind. Ein Satz wie 'Alle Philosophen sind Philosophen' zum Beispiel ist notwendigerweise wahr, aber er ist leider auch banal und enthält keinerlei relevante Information."

„Kant besteht also darauf, dass Philosophie und Naturwissenschaft notwendige Wahrheiten aussagen können, die in allen möglichen Welten Geltung haben, aber dennoch nicht banal sind." (Woher habe ich das: 'in allen möglichen Welten?')

„Ganz richtig. Zum Beispiel der Satz: 'Alles, was geschieht, hat eine Ursache' gehört für Kant zu diesen notwendigen Wahrheiten. Daran entzündete sich die Auseinandersetzung mit Hume. Denn worin besteht seine Notwendigkeit? Wie lässt sie sich begründen? Die Kausalbeziehung ist nicht aus der Erfahrung abzuleiten, was wir wahrnehmen, sind nur zeitliche Abfolgen. Logisch notwendig ist sie auch nicht, denn im Begriff des Geschehens ist derjenige der Ursache nicht enthalten, wie es für logische Wahrheiten zutrifft. Hume zufolge beruht die Annahme von Kausalbeziehungen auf Gewohnheit, sie ist subjektiv. Alles was wir wissen, ist, dass B bisher immer auf A folgte, daraus konstruieren wir eine notwendige Verknüpfung, die es nicht gibt. In Wahrheit übertragen wir den subjektiven Eindruck von Notwendigkeit auf die Dinge selbst. Wir bilden uns ein, mehr zu wissen, als wir sehen."

„Vielleicht war Kant dieser Satz so wichtig, weil die Annahme von Kausalbeziehungen grundlegende Auswirkungen auf unser Verhältnis zur Welt hat. Wir können uns selbst und unser Handeln nicht wirklich ernst nehmen, wenn wir nicht davon ausgehen, dass alles, was wir tun, Konsequenzen in der Realität hat. Es wäre wie im Kino: wir sehen, wie jemand einen Revolver zieht und abdrückt, das Opfer bricht getroffen zusammen, Blut fließt, aber wir wissen, in Wahrheit verhält es sich gar nicht so, wir beobachten nur ein Nacheinander von Geschehnissen, die nichts miteinander zu tun haben. Das würde aber bedeuten, dass wir überhaupt nicht wissen, wie die Welt funktioniert, genauso wenig, wie wir der Handlung des Films ablesen können, wie er gedreht wurde. Vielleicht wurde die Szene, die wir sehen, an verschiedenen Tagen aufgenommen. Unsere Wahrnehmung und die Schlüsse, die wir daraus ziehen, gehen an der Realität vorbei. Seltsam, dass wir trotzdem so gut in der Realität zurecht kommen. Es wäre doch plausibel, anzunehmen, dass die Natur und das, was wir von ihr wissen, irgendwie zusammen passen."

„Genau das ist der Punkt, von dem aus Kant den Empirismus Humes aushebelt, mit Hilfe der Newtonschen Physik. Wären wir, wie Hume meinte, nur auf Logik und Empirie angewiesen, dann könnte es keine gültige naturwissenschaftliche Theorie geben, die exakte Voraussagen auf die Zukunft erlaubt. Newtons Physik erlaubt solche Voraussagen, also muss es Sätze geben, deren Wahrheit wir begründen können, obwohl Logik dafür nicht ausreicht und Erfahrung dafür nicht notwendig ist. Kant nennt solche Sätze naturnotwendig, das heißt, ihr Gegenteil kann nicht in der Erfahrung vorkommen. Damit definiert er den Begriff 'Natur' neu als die Gesamtheit dessen, was unserer Erfahrung zugänglich ist, und nichts darüber hinaus. Die Gegenstände richten sich nach unserer Erkenntnismöglichkeit, nicht umgekehrt, sie sind eben ‚Gegenstände möglicher Erfahrung‘. Alles, was sie vielleicht sonst noch sind, spielt keine Rolle, die ‚Dinge an sich‘ interessieren Kant nicht, sie sind sozusagen die Abfallprodukte seiner Theorie.“

„Das heißt, wir können nur erkennen, was wir erkennen können. Das ist so banal wie ‚Alle Philosophen sind Philosophen‘.“

„Der Satz hört sich banal an, aber er setzt Kants gesamte Argumentation der ‚Kritik der reinen Vernunft‘ voraus und hat unser Verhältnis zur Welt unwiderruflich verändert. Philosophen und Naturwissenschaftler waren zwei Jahrtausende lang überzeugt gewesen, die objektive Wirklichkeit ergründen und herauszufinden zu können, wie die Dinge an sich beschaffen sind. Kant setzt sie wie ungezogene Kinder zurück in ihren Laufstall und gibt ihnen zum Spielen die Gegenstände möglicher Erfahrung. Die Welt, wie sie unabhängig von unserem Erkenntnisvermögen ist, bleibt für immer außerhalb unserer Reichweite. Das Einzige, was uns mit ihr verbindet, ist ein Chaos von Sinneseindrücken, das wir mit Hilfe unser Erkenntniswerkzeuge ordnen und zu Gegenständen verbinden.“

„Dann sind wir auf der Welt ja ziemlich alleine, umgeben von lauter Dingen, die ganz anders sind, als wir sie sehen, und deren wahres Wesen wir nie erkennen werden. Gilt das im übrigen auch für die Menschen, mit denen wir zusammen sind?“

„Für Kant sind wir Menschen dadurch verbunden, dass wir dieselben Erkenntnisformen haben, also die Welt auf die gleiche Weise wahrnehmen und darüber kommunizieren können. Er war ein geselliger Mensch, ihn selbst hat seine Theorie nicht in Depressionen gestürzt, aber Andere hatten ein Problem damit, sie hatten das Gefühl, dass ihnen die Welt durch die Lektüre von Kants Schriften sozusagen abhanden kommt."

„Wir bauen uns die Welt und sitzen dann in dem Gefängnis, das wir selbst konstruiert haben. Das klingt wie Science Fiction. Oder wie die Gegenwart."

„Sie haben recht, es ist eine streng begrenzte Welt, die Kant entwirft. Aber innerhalb dieser Welt kann jeder Mensch zu objektiver Erkenntnis gelangen, indem er seinen Verstand gebraucht. Niemand hat einen privilegierten Zugang zur Wahrheit. Das ist ein großes Freiheitsversprechen, und eine große Herausforderung: wage es, dich deines eigenen Verstandes zu bedienen, befreie dich aus deiner selbst verschuldeten Unmündigkeit, in der du es dir so behaglich eingerichtet hast."

Kino

Ein paar Tage später treffe ich den Professor an der Bücher-Zelle, unter dem Arm den zweiten Harry-Potter-Band. Ich wüsste gerne, was er zum Tausch da gelassen hat, jedenfalls sehe ich keinen grünen Buchrücken im Regal.

„Professor, könnten Sie sich eventuell vorstellen, so etwas wie philosophische Beratung zu machen? Jemandem, der sich existentielle Fragen stellt, bei der Suche nach Antworten helfen?"

„Antworten sind nicht meine Sache."

Das klingt endgültig. Aber ich gebe nicht so schnell auf.

„Konkret gesagt, hätten Sie Interesse daran, ein junges Mädchen, dessen Versetzung gefährdet ist (und noch einiges andere), bei den Latein-Hausaufgaben zu unterstützen und nebenbei auf ein paar philosophische Fragen zu sprechen zu kommen?"

„Sind philosophische Fragen für junge Leute heute noch wichtig? Sagen sie ihr, sie soll bei Wikipedia nachlesen, Suchbegriff ‚Philosophie'."

Zufällig kenne ich den Wiki-Eintrag „Philosophie", er ist tatsächlich sehr informativ, aber wohl kaum hilfreich in einer akuten Lebenskrise. Der Professor scheint allerdings auch nicht sehr hilfsbereit zu sein, schade, ich dachte, ich könnte etwas für Niki und Dora tun. Gestern saß nämlich Latte Igel auf der Tastatur, und ich las:

„Hallo unerreichbare Freundin, ich brauche deine Hilfe, genauer gesagt, meine Schwester braucht Hilfe, das verwöhnte reiche Mädchen. Es geht ihr momentan nicht besonders gut, ich fürchte, es ist was Ernstes. Sie hat die falschen Freunde und den falschen Freund, sie trinkt zu viel, sackt in der Schule ab und sieht einfach verdammt schlecht aus. Können Sie ihr helfen, oder kennen Sie jemanden, der das kann? Offiziell getarnt als Nachhilfe in Latein? Sie würde nämlich nie eine psychologische Beratung oder so was mitmachen. Aber genau die braucht sie! Ich mache mir wirklich Sorgen! Auf mich hört sie natürlich nicht, bin ja bloß der kleine Bruder, sie hält mich für einen schlichten Muggel-Jungen, aber es würde wohl auch nichts ändern, wenn sie wüsste, dass ich ein Stipendium für Hogwarts habe. Gruß, Niki!"

Leichtsinnigerweise antwortete ich: „Ich kenne jemanden, der deiner Schwester vielleicht helfen kann, wenn sie bereit ist, sich auf etwas Ungewohntes einzulassen. Mittwoch um fünfzehn Uhr in meiner bescheidenen Wohnung. Die Adresse behaltet bitte für euch!"

Mittwoch ist morgen! Wie kann ich den Professor dazu bringen, zu kommen und mit Dora zu reden? Vorausgesetzt, *sie* kommt, was überhaupt nicht sicher ist. Aber egal. Fieberhaft versuche ich, mich an ein passendes Stichwort aus der Philosophie-AG zu erinnern, die ich mal zwei Jahre lang am Gymnasium belegt hatte - das war nicht gerade vorgestern, ich weiß! Dann rettet mich ein Geistesblitz:

„Es geht um die Tochter einer Freundin - na ja, ehemaligen Freundin, der ich ab und zu im Haushalt helfe, ein intelligentes Mädchen. Sie kommt mir vor wie die Menschen in Platons Höhle, die immer nur Schatten an der Wand sehen und sie für die wirklichen Dinge halten, aber sie weiß, dass sie im falschen Film sitzt. Sie braucht nur einen kleinen Tipp, in welche Richtung sie sich wenden soll, um aus der Höhle heraus zu kommen und Licht zu sehen."

Zum ersten Mal bekomme ich Besuch in meiner Wohnung! Kurz vor drei fällt mir auf, dass ich nur einen einzigen Stuhl besitze, also klappe ich das Bett runter und breite meine alte Wolldecke darüber. Pünktlich um drei klingelt es. Vor der Tür steht ein schmales blasses Mädchen, in dem ich erst auf den zweiten Blick Nikis

Schwester erkenne, die mir neulich in der Küche begegnet ist. Sie hat ihre Haare zu einem Zopf geflochten, statt High Heels trägt sie Turnschuhe und ihre Jeans haben keine angesagten Löcher.

„Darf ich reinkommen?" fragt sie schüchtern. „Hier wohnst du?" Sie schaut sich um und vergleicht meine Einsiedlerklause mit der Wohnung ihrer Eltern. Dann entdeckt sie Manni. „Der ist ja cool!" Sie lässt sich in seine weiche Mitte fallen und knutscht ihn ausgiebig.

„Das ist Manni, mein Hausfreund."

„Wie süß! Hallo Manni, schön dich kennenzulernen." Sie küsst den alten Sack, der sich heftig dunkelorange färbt. Dann packt sie ihre Sachen aus, legt Schulbücher und Schreibblock aufs Bett und vertieft sich in ihr iPhone. Es klingelt wieder. Vor der Tür steht der Professor. Irgendwie habe ich nicht damit gerechnet, dass er tatsächlich kommt, ich konnte mir einfach nicht vorstellen, dass er ein belangloses, spießiges Haus wie dieses betritt und ganz profan und leibhaftig vor mir im Flur steht.

„Entschuldigen Sie meine Verspätung, ich habe es nicht gleich gefunden."

Ich bitte ihn herein, einen unscheinbaren älteren Herrn, gepflegt und korrekt gekleidet, von der Aura einer vergangenen Zeit umgeben. Als er das Zimmer betritt, steht Dora auf und gibt ihm die Hand, dann fläzt sie sich wieder in den Sack und nimmt Wartestellung ein. Der Professor beschlagnahmt Tisch und Stuhl, öffnet seine ausgebeulte, schon etwas speckige Aktentasche und baut einen Stapel Bücher vor sich auf. Dann lehnt er sich schweigend zurück und wartet ebenfalls.

„Ich mach dann mal Tee", sage ich in die Stille, muss aber gleich darauf feststellen, dass kein Tee mehr da ist. „Also, ich geh dann mal Tee kaufen. Schwarz, grün oder bunt?" Keine Antwort ist auch eine Antwort. Als ich zurückkomme, sind die beiden ins Gespräch vertieft, sie merken gar nicht, dass ich wieder da bin. Ich brühe Tee auf, schenke drei Tassen ein, setze mich still ans Fußende des Klappbettes und stelle meine Tasse diskret neben Doras aufgeschlagene, aber anscheinend in Vergessenheit geratene Lateingrammatik.

„Gehst du gerne ins Kino?"
Dora nickt, soweit gleichzeitiges Teetrinken das zulässt. Ein seltsames philosophisches Gespräch, aber ich habe ja den Anfang verpasst.
„Wenn ich einen Film anschaue", sie stellt die Tasse ab und kuschelt sich an Manni, der unter ihrem Leichtgewicht begeisterte Falten wirft, „dann vergesse ich meistens alles um mich herum. Manchmal glaube ich wirklich, in dem Film drin zu sein, als wäre ich eine der Personen, als wäre es mein Leben, meine Abenteuer, die sich da abspielen. Es ist einfach gigantisch, so in eine andere Welt reingezogen zu werden. Im falschen Film zu sein ist allerdings das Gegenteil von gut, ich werde irgendwann panisch, will nur noch raus, aber alle um mich herum finden den Film phantastisch, keiner merkt, wie es mir geht, und wenn ich mich an ihnen vorbeiquetsche, ernte ich böse Blicke!"
„Und dann die Treppe rauf, endlich frei, der Hölle entkommen!" Der Professor scheint auch über einschlägige Kino-Erfahrungen zu verfügen.
„Einmal ist es mir passiert, in der Nachmittagsvorstellung, draußen kam grade die Sonne heraus, es hatte kurz vorher ein Gewitter gegeben, das Licht war so gleißend hell, ich hielt mir die Hand vor die Augen, und als ich wieder sehen konnte, schien die Umgebung plötzlich wie verwandelt. Diese langweilige, öde Stadt leuchtete, als wäre sie was Besonderes, wie Paris oder New York. Da dachte ich für einen Moment, hier ist das wahre Leben, auf einmal verstehe ich, wie alles in Wirklichkeit ist, wie es *gemeint* ist. Ich glaube, in diesem Moment

war ich total glücklich, ohne konkreten Grund, einfach so." Sie nimmt einen Schluck aus ihrer Tasse und starrt vor sich hin.

„Manchmal habe ich das Gefühl, mein Leben ist der falsche Film", sagt sie dann, „nur gibt es keinen Ausgang, keine Treppe, die man hochlaufen kann, keine Tür, die man aufstoßen könnte, um endlich frische Luft zu atmen und klar zu sehen."

„Also kommt es nur darauf an, im richtigen Film zu sein?" Der Professor nimmt ein kleines, abgegriffenes Buch zur Hand und beginnt, daraus vorzulesen.

„Stelle dir Menschen in einem großen unterirdischen Raum vor, die von Kind an dort festgehalten werden, gefesselt und unfähig, sich zu bewegen oder den Kopf zu drehen. Von hinten fällt ein Lichtschein auf die Wand vor ihren Augen, und vor diesem Licht werden hinter ihrem Rücken allerlei Gegenstände und hölzerne Schablonen vorbei getragen, deren Schatten auf die Wand fällt. Die Schatten sind das einzige, was sie sehen können."

„Sehr frei übersetzt", sagt eine Stimme ganz nah an meinem rechten Ohr, trotzdem habe ich das Gefühl, sie kommt aus großer Entfernung.

„Übersetzung ist Interpretation."

„Oder Verfälschung. Er sollte sich an das Original halten!"

„Welches Original? Nach mehr als zweitausend Jahren einen Text zum Original zu erklären wäre die frechste Fälschung!"

„Ehrlich gesagt, es war von Anfang an Fälschung. Mit der Zeit hat sich das Geschriebene an die Stelle des Geschehenen gesetzt und die Wahrheit über diesen Moment für sich beansprucht. Niemand weiß, was damals gesprochen wurde."

„Er könnte es wissen, aber auch seine Erinnerung trügt, nach so langer Zeit..."

Ich schaue in die Runde, keiner hat etwas gehört. Der Professor blättert die Seite um und liest weiter vor aus einem alten, zerfledderten Platon-Band. Ich schenke ihm Tee nach und sehe, dass er die altgriechische Ausgabe vor sich hat.

„Wenn sie nun miteinander reden, meinst du nicht, dass sie glauben, sie reden über Dinge, die sie unmittelbar vor sich sehen und dass ihre Worte sich auf reale Dinge beziehen?" fragt er Dora.

„Vermutlich."

„Sie würden also nichts anderes für wahr gelten lassen als die Schatten der Gegenstände."

„Was sonst, wenn sie nie was anderes gesehen haben?"

„Wenn nun einer von ihnen von seinen Fesseln befreit wird, sich umdreht und die Dinge sieht, von denen er bisher nur Schatten kennt, wird der wohl denken, dass er nun plötzlich die Wahrheit erkennt und sein ganzes Leben lang einem Schattenspiel aufgesessen ist?"

„Eher, dass er Wahnvorstellungen hat."

„Und wenn man ihn zwingt, zum Ausgang der Höhle zu gehen und statt des künstlichen Lichts die Sonne zu sehen, dann wäre er sicher so geblendet, dass er nichts mehr sieht und lieber wieder zurück in die Höhle will, in seine gewohnte Umgebung, zu den vertrauten Schattenbildern."

„Ja, vielleicht, aber was soll das Ganze?"

„Wenn er aber lange genug draußen vor der Höhle bleibt, um sich an das Licht zu gewöhnen und die Wirklichkeit wahrzunehmen, dann erkennt er irgendwann, dass er in einer künstlichen Welt gelebt und Abbilder von Abbildern für die Wirklichkeit gehalten hat." Dora wird ungeduldig, befreit sich aus Mannis Umarmung und richtet sich auf, so weit das auf der weichen Unterlage möglich ist.

„Über Platons Höhlengleichnis haben wir in der Philo-AG gesprochen, aber was hat es mit unserem Kino-Gespräch zu tun? Wenn ich im Kino sitze, dann *weiß* ich, dass ich Schattenbilder sehe und nicht die Wirklichkeit, ich bin freiwillig da und kann jederzeit gehen. Außerdem, wer hält die Leute dort unten gefangen und warum? Warum lassen sie sich das gefallen und versuchen nicht, sich zu befreien und die wirkliche Welt zu sehen?"

„Was denkst du?"

„Wenn es Science Fiktion wäre, dann wären sie zum Beispiel Gefangene eines totalitären Staates oder eines Konzerns, der die Menschheit beherrscht. Einer von ihnen würde es schaffen, sich zu befreien, den Konzern zu zerstören und die Welt zu retten. Aber Platon war kein Sci-Fi-Autor sondern Philosoph, ihm ging es um die wirkliche Welt."

„Die Höhle ist die wirkliche Welt, oder das, was wir dafür halten."

„Sie meinen, die wirkliche Welt ist die falsche Welt? Dann sind wir ja immer im falschen Film, egal, ob er gut oder schlecht ist!"

„So könnte man Platon verstehen. In der Tat war der Film, in dem er saß, gar nicht so schlecht: Sohn einer der vornehmsten Athener Familien, großes Vermögen, beste Karriereaussichten, intelligent, begabt und - unzufrieden. Aus Langeweile, und weil man berühmt werden konnte, wenn man einen der jährlichen Tragödienwettbewerbe gewann, fing er an, Tragödien zu schreiben. Sie können nicht besonders gut gewesen sein, er hat sie später alle verbrannt. Sein Leben änderte sich von Grund auf, als er Sokrates begegnete, einem arbeitsscheuen Steinmetz, der sich in seiner Freizeit in den Straßen von Athen herumtrieb, anstatt in seiner Werkstatt Marmorblöcke zu behauen, und mit den jungen Leuten, die ihm begegneten, Gespräche führte, deren einziger Zweck darin bestand, sie an der wirklichen Welt zweifeln zu lassen."

„Und was ist außerhalb der Höhle? Ich meine, wenn drinnen die Wirklichkeit ist, dann muss draußen etwas sein, das wirklicher ist als die Wirklichkeit, oder?"

„Außerhalb der Höhle sind die Urbilder der Dinge, die sie zu dem machen, was sie sind: ein Baum, ein Tisch, ein Stuhl. Das, was hinter den wirklichen Gegenständen steckt und ihr Wesen ausmacht."

„Sie meinen die platonischen Ideen?"

„Plato sprach nicht von ‚Ideen‘, dieser Terminus erscheint erst bei Cicero. Er nannte es ‚wesenhafte Wirklichkeit‘, ‚eigentliches Sein‘. Das wesenhafte Sein der Dinge kann man nur mit dem Intellekt erkennen. Die Seele hat in ihrer vorgeburtlichen Existenz alles, was ist, in seinem eigentlichen Wesen erblickt, die Geburt im Körper bedeutet das Vergessen des Geschauten, Lernen ist Wiedererinnern des geschauten Wesens anlässlich der Sinneswahrnehmung."

„Also muss man die Augen aufmachen, wenn man die Welt erkennen will."

„Ja, aber ohne die Ideen im Hinterkopf könnten wir nichts erkennen. Wir wissen, dass ein Baum ein Baum und ein Stuhl ein Stuhl ist nur deshalb, weil wir eine Idee davon haben, was das Baum-Sein und das Stuhl-Sein wesentlich ausmacht."

Dora kichert. „Demnach gibt es im Jenseits Bäume und Stühle, vielleicht sogar Sitzsäcke, sonst könnte ich ja nicht wissen, dass Manni einer ist. Aber gibt es denn nur verallgemeinernde Ideen? Müsste nicht jedes Ding und jeder Mensch eine eigene Idee haben? Ein eigenes Wesen, das sich von dem aller anderen unterscheidet? Sonst existieren wir nach Platon ja gar nicht wirklich, sondern nur als unvollkommene Abbilder von Idealen, wir wären dann alle nur deshalb Individuen, weil wir ein bisschen danebengegangen sind - ups, schon so spät, ich will zuhause sein, bevor meine Mutter kommt." Sie packt schnell ihre Sachen zusammen und gibt dem Professor die Hand. „Sehen wir uns nächste Woche wieder?"

„Wenn du willst, sehen uns wieder."

Dann stürmt sie hinaus und Manni sinkt in sich zusammen.

Auf dem Balkon

Ich habe mir keinen Spiegel gekauft. Keinen Spiegel zu haben erleichtert das Leben ungemein. Man beginnt, sich selbst zu vergessen. Manchmal finde ich es unheimlich, dass es mir so gut geht. Die Vergangenheit ist verschwunden, ich lebe, als hätte ich nie anders, nie woanders, niemals als jemand anders gelebt. Hier und jetzt, wie man so schön sagt. Einen Tag nach dem anderen. Ich gehe oft zum Friedhof, spaziere durch diesen wunderschönen Park, in dem die Toten schön ordentlich und ohne Streit nebeneinander liegen, bleibe kurz bei meiner Nachbarin stehen, streune durch das Labyrinth der Wege, von der Mittelallee weg in die Seitenpfade, an vergessenen Grabstellen vorbei. Das Gelände ist groß, ein verwunschener Garten mit verborgenen Winkeln, herausgeputzten und verfallenden Grabsteinen, die ihre Geschichten erzählen. Früher habe ich mich nie für Friedhöfe interessiert. Aber ich hoffe auch, den Professor hier zu treffen, außerhalb der Philosophiestunden mit Dora.
Er steht vor einem Grab und legt Blumen hin. Ich warte, bis er weiter geht, dann kann ich meine Neugier nicht bezwingen und lese die Inschrift auf dem Grabstein.

Inge Stein 26.7.1962 - 15.8.2007
Klara Stein 17.3.1997 - 15.8.2007

Plötzlich kenne ich seine Geschichte! Nein, natürlich kenne ich sie nicht, aber ich male sie mir aus anhand dieser beiden Namen und der dazugehörigen Jahreszahlen. Vielleicht lässt sich unsere Lebensgeschichte irgendwann auf zwei Daten reduzieren, Geburtstag und Todestag, die bleiben noch eine Weile in Erinnerung, wenn der Rest, alles was dazwischen lag, längst vergessen ist, ein Name und ein paar Ziffern auf einem Grabstein. Aber sie können eine Menge erzählen. Seine Frau und seine zehnjährige Tochter sind bei einem Unfall gestorben, vermute ich, und ich brauche die näheren Umstände nicht zu kennen, ich kann mir vorstellen, dass dieses Unglück sein Leben aus der Bahn geworfen hat. Dann sehe ich ihn auf der Bank sitzen wie immer, nur dass ich jetzt etwas über ihn weiß, was ich vorher nicht wusste, und er hat keine Ahnung, dass ich es weiß. Soll ich ihn darauf ansprechen? Ich setze mich neben ihn. Natürlich hat der Professor mich bemerkt, aber er bringt zuerst einen Abschnitt zu Ende, bevor er das Buch zuklappt, der vertraute grüne Einband, aber etwas schmaler als die KdrV, und es zwischen uns auf die Bank legt. Georg Wilhelm Friedrich Hegel, Phänomenologie des Geistes, lese ich.

„Kant hat uns also in Platons Höhle gesperrt und den Ausgang zugemauert", setze ich das unterbrochene Gespräch fort.

„Für Kant gibt es keinen geistigen Raum jenseits der realen Welt, in dem wir das Wesen der Dinge anschauen können. Er holt Platons Ideen vom Himmel und pflanzt sie in unsere Köpfe. Darin folgt er Aristoteles, dem ersten großen Ernüchterer der Philosophiegeschichte. Wenn für Plato die Teilhabe an den Ideen das Wesen der Dinge ausmacht, definiert sein Schüler Aristoteles die Ideen als Regeln des logischen Urteilens, er nennt sie Kategorien. Kant geht noch einen Schritt weiter, indem er den Geltungsbereich der Kategorien von der Logik auf die Wahrnehmung ausweitet: die Kategorien sind zusammen mit den Anschauungsformen Raum und Zeit die Werkzeuge, die es uns ermöglichen, aus dem Chaos der Sinneseindrücke Gegenstände zu konstruieren. Die Frage nach dem Wesen, ja überhaupt danach, wie die Welt unabhängig von uns beschaffen ist, erscheint ihm sinnlos, wir können darüber nichts wissen.

Das gilt übrigens ebenso für die Wissenschaften. Auch sie haben es mit der Welt der Erscheinungen zu tun, der Welt, wie sie für uns, nicht wie sie an sich ist." Der Professor nimmt den Meiner-Band zur Hand und blättert kurz darin. Dann legt er ihn wieder zwischen uns auf die Bank.

„Einen Ausbruchsversuch aus Kants geschlossener Welt markiert ein Textfragment, das im Jahr 1913 auf einer Auktion auftauchte. Wie es in den Besitz des Verkäufers gekommen war konnte nie geklärt werden. Der Text setzt mitten im Satz ein, vermutlich handelt es sich um die beiden letzten Seiten einer längeren Abhandlung. Er ist in der Handschrift Hegels abgefasst. Der Herausgeber, der den Text später veröffentlichte, gab ihm den Titel 'Ältestes Systemprogramm des deutschen Idealismus'. Er gilt als Ursprungsdokument der idealistischen Philosophie und der Epoche der Romantik. Seit seiner Entdeckung wird über die Urheberschaft diskutiert und darüber, was der Inhalt der fehlenden Textpassagen gewesen sein könnte. Obwohl die Handschrift des Dokuments eindeutig die des jungen Hegel ist, halten manche es aufgrund von Stilmerkmalen für eine Abschrift und rechnen den Inhalt Schelling zu, andere vermuten Friedrich Hölderlin als den eigentlichen Autor. Wahrscheinlich ist, dass alle drei ihre Gedanken beigetragen haben und Hegel das Gespräch mitschrieb."

„Ich habe unsere gemeinsamen Ideen an jenem Abend notiert, so gut es mir in Anbetracht der besonderen Umstände möglich war..."

Die Stimme scheint sich direkt hinter mir zu befinden, unwillkürlich wende ich den Kopf zur Seite und lausche. Der Professor wirft mir einen kritischen Blick zu.

Eine zarte, mädchenhafte Stimme antwortet von oben:

*„Ich erinnere mich genau, es war ein herrlicher Som-
merabend, ihr wart zu Besuch bei mir und wir saßen zu
dritt auf dem Balkon der Familie Gontard in Frankfurt,
bei der ich Hauslehrer war."*

„Der Wein hat ungeheuer gut geschmeckt!" ergänzt
eine dritte Stimme.

„Wir fühlten uns, wie soll ich es ausdrücken..."

„Inspiriert!"

*„Der 1793er Schwarzriesling war nicht von schlechten
Eltern, ein besonderer Jahrgang. Als Hauslehrer bei
der Familie eines Weinhändlers bekam ich ab und zu
ein paar Flaschen geschenkt, sozusagen zur Gehalts-
aufbesserung."*

*„In dieser Beziehung hattest du Glück, zuerst bei Stei-
gers in Bern, auf deren Weingut du den Sommer verbracht hast..."*

*„Nach den entsagungsvollen Jahren im Tübinger Stift
genoss ich mein Leben buchstäblich in vollen Zügen. Es
ging mir aber nicht nur um die geistigen Getränke, die
Steigers besaßen außerdem eine umfangreiche Bibliothek ... wo die fehlenden Seiten geblieben sind? In Jena
befanden sich alle noch in meinem Besitz, sie steckten
zwischen den Seiten meiner Kant-Ausgabe. Ich hatte
mir vorgenommen, sie bei Gelegenheit zu überarbeiten,
aber dazu kam ich nicht mehr, denn nach meinen Umzug nach Bamberg waren sie plötzlich verschwunden,
und ich erinnerte mich nicht mehr an das, was ich damals notiert hatte..."*

*„Es ging um nichts weniger als um eine neue Philoso-
phie. Zunächst wollten wir ein vollständiges System
aller Ideen erstellen. Die erste Idee ist natürlich die
Vorstellung von mir selbst als einem absolut freien
Wesen."*

„Die Idee der Menschheit vor Augen, wollten wir zeigen, dass es keine Idee vom Staat gibt, weil der Staat etwas Mechanisches ist, so wenig als es eine Idee von einer Maschine gibt. Jeder Staat muss freie Menschen als mechanisches Räderwerk behandeln; und das soll er nicht; also soll er aufhören."

„Absolute Freiheit aller Geister, darum ging es uns!"

„Zuletzt die Idee, die alle vereinigt, die Idee der Schönheit, das Wort in höherem platonischen Sinne genommen. Ich bin noch immer überzeugt, dass der höchste Akt der Vernunft ein ästhetischer Akt ist und dass Wahrheit und Güte nur in der Schönheit verschwistert sind. Der Philosoph muss ebenso viel ästhetische Kraft besitzen als der Dichter. Die Philosophie des Geistes ist eine ästhetische Philosophie. Man kann in nichts geistreich sein, ohne ästhetischen Sinn. Hier soll offenbar werden, woran es eigentlich den Menschen fehlt, die nichts verstehen, was über Tabellen und Register hinausgeht."

„Die Poesie wird am Ende wieder, was sie am Anfang war: Lehrerin der Menschheit; die Dichtkunst wird alle übrigen Wissenschaften und Künste überleben. Wir müssen eine neue Mythologie haben, diese Mythologie aber muss im Dienste der Ideen stehen, sie muss eine Mythologie der Vernunft werden."

„Wir glaubten, wir könnten mit unseren Gedanken den Lauf der Weltgeschichte korrigieren. Die Werke, die wir verfassen wollten, würden die Welt besser machen..."

„Bücher haben noch nie die Welt verändert."

„Das überlässt man Leuten, die Bücher falsch verstehen..."

„Sie verändern die Welt meist zum Schlechteren..."

„An jenem Abend fassten wir einen Gedanken, der alles von Grund auf verändert! Ich weiß nicht mehr, wer ihn aussprach, aber im selben Moment sahen wir klar und

deutlich vor uns, was die Welt im Innersten zusammen-
hält..."

„Wir waren betrunken!"

„Wir haben zuerst die drei Flaschen Wein geleert, und
dann..."

„Ich konnte als Einziger noch die Schreibfeder halten,
aber das ist nicht der Punkt! Wir waren zwar betrunken,
aber für einen Augenblick im Besitz der Wahrheit! Das
wurde mir klar, während ich vergeblich nach meinen
Aufzeichnungen suchte. Ich hatte den Stein der Weisen
in der Hand und habe ihn wieder verloren. Mein ganzes
Leben lang versuchte ich, diesen einen Gedanken zu
rekonstruieren, vergeblich..."

Die Stimmen werden leiser, verstummen. Der Professor
hat sie auch gehört, da bin ich ganz sicher! Er blickt zu
Boden und reibt sich nachdenklich das Kinn.

„Was heißt das, sie waren für einen Moment im Besitz
der Wahrheit?" Er schreckt hoch, als hätte ich ihn aus
einem Traum geweckt.

„Die Euphorie eines inspirierten Sommerabends auf
einem Frankfurter Balkon", erwidert er ausweichend.
„Sie ist noch spürbar in den Gedichten Hölderlins, in
seiner Beschwörung vergangener Glückseligkeit. In die
philosophischen Systeme Hegels und Schellings hat sie
es nicht geschafft. Dennoch sind die damals skizzierten
Ideen Grundlage für ihr späteres Denken. Hegel entwickelte einen Gegenentwurf zu Kants ernüchternder
Rationalität, die uns auf uns selbst und unser Erkenntnisvermögen zurückwirft. Wo Kant eine unüberbrück-
bare Kluft zwischen dem erkennenden Subjekt, also uns
Menschen, und der Welt um uns herum entdeckt, postu-
liert Hegel die Einheit des Kosmos, zu dem wir gehören. Wir sind als denkende Menschen in einen Kreislauf
integriert, der vom Materiellen zum Organischen und
zum Geistigen führt, ein Naturkreislauf, der in einer

Spiralbewegung über sich selbst hinausweist und auf höherer Stufe wieder zu seinem Ausgangspunkt zurückführt."

Mein Gesichtsausdruck muss vom Anschein des Verstehens zu etwas anderem gewechselt haben, der Professor sieht mich ein wenig besorgt an.

„Ich rede wohl zu schnell?"

„Daran liegt es nicht, ich habe ehrlich gesagt nicht viel verstanden von dem, was Sie gerade erklärt haben."

„Ganz einfach: für Hegel gibt es keinen prinzipiellen Unterschied zwischen Materie und Geist. Alles, was wir sind, die ganze Erdgeschichte, heute würde man sagen Evolution, ist von Anfang an festgelegt. Schon die ersten Spiralnebel, aus denen unsere Galaxie entstand, enthielten den Keim für alle organischen Substanzen, Pflanzen, Tiere, Menschen, auch alles, was unsere Kulturen hervorgebracht haben, war schon im Anfang der Welt als Anlage vorhanden. Es war ‚an sich' schon existent, und dass es irgendwann in Erscheinung trat, war nur eine Frage der Zeit. Der Geist existierte also bereits im Urgestein, aus dem die junge Erde bestand, er brodelt sozusagen in den Lavaströmen, die ihre Oberfläche zerfurchten, er ballte sich zusammen in den ersten organischen Zellhaufen, die im Urmeer wuchsen, er stapfte mit den Dinosauriern durch urzeitliche Schachtelhalmwälder, und ganz allmählich kam er in der ersten Primaten noch undeutlich und später in der menschlichen Fähigkeit zu Selbsterkenntnis und Reflexion ganz zu sich selbst. Natürlich dachte Hegel nicht in den biologischen Kategorien der Evolutionstheorie. Als Darwins Hauptwerk ‚The Origin of Species' 1859 erschien, war er schon achtundzwanzig Jahre tot. Er hätte auch nie den Gedanken akzeptiert, dass die Entwicklung der Lebewesen auf zufälligen Mutationen beruht. Für ihn entsteht der Geist aus materiellen Ursprüngen mit derselben Notwendigkeit, mit der aus einer befruchteten

Eizelle ein Individuum entsteht. Natur- und Weltgeschichte sind darauf angelegt, dass der embryonale
Geist zur Erkenntnis seiner selbst gelangt, und das geschieht durch uns, die wir dazu verdammt sind, über uns
nachzudenken, insbesondere natürlich die Philosophen,
speziell derjenige, der diese ganze Mechanik durch-
schaut hat, nämlich er selbst, Hegel. Und wenn der
Geist dann vollständig zur Selbsterkenntnis gelangt ist,
erübrigen sich alle Fragen, dann gibt es keine Kunst
mehr, keine Literatur, auch keine Philosophie, wir leben
dann in völliger Klarheit und vollkommener Erkenntnis
unserer selbst und der Welt. Ein ultimativ langweiliger
Zustand, den wir zum Glück mit Sicherheit niemals
erreichen werden! So, jetzt werde ich Sie verlassen,
denn ich muss ein bisschen Geld verdienen, der Platz
am Kaufhof ist nun für ein paar Stunden frei." Er steckt
den Meiner-Band in die Manteltasche und verschwindet.

Laubenpieper

Die Blätter am Ahorn vor meinem Balkon werden gelb,
sie verwandeln sich in etwas Durchsichtiges, Materie
mit Licht, geistige Materie. Ich sitze manchmal draußen,
weil es noch immer warm ist, und versenke meinen
Blick in diese Farbe, sauge mich damit voll wie ein
Ballon mit leichtem Gas und schwebe eine Handbreit
über dem Boden. Nebenan wird die Wohnung renoviert,
ich ignoriere den Lärm so gut es geht und steige über
Farbeimer und Tapetenrollen, wenn ich auf den Flur
rausgehe.

Niki hinterlässt mir manchmal Botschaften im Zeichen
des Igels, er bedankt sich dafür, dass ich anscheinend
einen guten Lehrer für seine Schwester gefunden habe,
sie sei viel fröhlicher und ausgeglichener, und ihre La-
teinnote habe sich auch verbessert. Er fragt, ob er mal
mitkommen kann zu unserem Treffen, ich antworte, von
mir aus gern, aber du musst deine Schwester fragen. Er
kommt dann aber nicht mit, und der Igel sitzt auch nicht
mehr auf der Tastatur. Ich frage mich, ob er sauer ist,
aber das ist nicht mein Problem, die Stunden beim Professor gehören Dora, sie muss entscheiden.

Die Ahornblätter steigern sich von transzendentem Gelb
zu mystischem Rot und fallen dann ab (oder steigen in
den Himmel) in der ersten frostigen Nacht. Am Morgen
scheint die Sonne, der Baum ist fast kahl, und in seiner
Mitte sitzt ein großer bunter Vogel - nein, was da sitzt
und mich anschaut aus tiefschwarzen Augen, erschreckt
oder neugierig oder herausfordernd, ist ein schwarzhaa-
riges Mädchen mit rotem Anorak, blauer Mütze und
gelbem Schal, das auf einem Ast hockt als wäre es das
Selbstverständlichste auf der Welt, dass kleine Mädchen
in schwindelerregender Höhe auf Bäumen sitzen. Sie
erscheint mir so unwirklich, dass ich sie nicht anspre-

che, nicht rufe, hallo, was machst du da oben, wer bist du, wie heißt du. Ich habe Angst, sie könnte herunterfallen, deshalb starre ich sie nur an wie das siebte Weltwunder, bis sie sich plötzlich in Bewegung setzt, behände den Baum hinabklettert und im Hauseingang verschwindet.

In der Stadt begegnet mir Dora mit ihrer Mutter, sie tragen schwer an ihren Einkaufstüten. Ich winke ihr zu, sie hat mich bestimmt gesehen, tut aber so, als wäre ich nicht da. Ihre Mutter ist zu zerstreut um mich zu sehen, sie gestikuliert und redet auf Dora ein, als müsse sie sie davon überzeugen, einen Bankeinbruch zu begehen, um die Familienkasse aufzubessern, damit sie weiterhin so exzessiv schoppen können, oder einen Ölscheich zu heiraten, um ihrer Mutter einen auskömmlichen Lebensabend zu sichern. Die arme Karlamaus sieht wie das gealterte Abziehbild ihrer Tochter aus, die gleichen knöchelbrecherischen Pumps, das gleiche kurze Röckchen, auch noch die gleiche Figur, muss ich zugeben, hart erarbeitet, aber die Falten in ihrem Gesicht verraten, dass sie Ende Vierzig ist. Sie kommt mir irgendwie verändert vor, der Mund wirkt so unnatürlich, die Oberlippe wie geschwollen - sie hat sich tatsächlich die Lippen aufspritzen lassen. In diesem Moment tut sie mir leid, wirklich, es ist todtraurig, dass sie sich so verschandeln muss, um - ja, wem zu gefallen? Die beiden verschwinden in einer Parfümerie, um die nächste Einkaufstüte zu füllen. Ich gehe zum Kaufhof, will dem Professor etwas schenken, denn er hat sich strikt geweigert, für die Philosophiestunden mit Dora Geld anzunehmen. Aber mir ist es nicht recht, dass so ein reiches Mädchen die Dienste eines verarmten Intellektuellen umsonst in Anspruch nimmt, also will ich es nach meinen Möglichkeiten ein bisschen ausgleichen, und so, dass er nichts dagegen einwenden kann. Aber er ist nicht da, seinen Platz besetzt der Junge mit dem Hund, ich gebe ihm was, für den Hund, denn ihn kann ich nicht ausstehen. Später finde ich den Professor auf seiner Bank und überreiche ihm den grauen Kaschmir-Schal, den ich für ihn gekauft habe. Zu meiner Freude legt er ihn gleich um und bedankt sich überschwänglich. Er hat heute keinen Meiner-Band dabei, sondern eine zerlesene Reclam-Ausgabe der Gedichte Hölderlins.

„Hegel, Hölderlin und Schelling teilten sich als Theologiestudenten eine Kammer im Tübinger Stift, wo die Lehrer Kants Freiheits-Philosophie in eine rigorose Morallehre verwandelten. Sie wollten sich vom Übervater Kant befreien, sein philosophisches System vollenden und überwinden. Sie wollten die Einheit des Kosmos retten, die Identität von Subjekt und Natur, ohne hinter Kants Erkenntnistheorie zurückzufallen. Hegel setzt den Geist absolut, Natur ist für ihn die Geschichte des zu-sich-selbst-Kommens des absoluten Geistes. Schelling geht den umgekehrten Weg, er versteht die Evolution des Bewusstseins von der Natur her, er geht zur Physik zurück, um aus ihr das Selbstbewusstsein abzuleiten und setzt sich über den Gegensatz von Realismus und Idealismus hinweg. Ausgehend von der absoluten Identität von Natur und Geist, Reellem und Ideellem, definiert er Natur als selbständige Größe und zugleich als Korrelat des Bewusstseins, als objektive und intelligible Größe. Geist ist im Subjekt, und zugleich manifestiert er sich in der Natur."

In diesem Moment erwischt uns ein Platzregen. Der Professor steckt sein Buch in die Jackentasche. „Kommen Sie, ich wohne ganz in der Nähe." Ich ziehe den Kopf zwischen die Schultern und gehe hinter ihm her, und während die Nässe langsam durch meine Klamotten dringt, fällt mir auf, dass ich noch nie darüber nachgedacht habe, ob, wie und wo der Professor wohnt. Wohnen ist ein Begriff, den ich bisher noch nie mit ihm in Zusammenhang gebracht habe. Er ist obdachlos, dachte ich, wenn überhaupt, dann wohnt er unter einer Brücke, mit Schlafsack und Pappkarton, seine Habseligkeiten in Plastiktüten von Aldi verstaut. Fast bin ich enttäuscht, dem Professor hätte ich zugetraut, dass er keine Wohnung braucht, die Philosophie ist seine Wohnung, aus der ihn niemand vertreiben kann. Aber klar, das ist eine kindische Vorstellung, auch die beste Philosophie schützt nicht vor Regen und Kälte.

Irgendwann bleiben wir vor einem Gartentor stehen, der Professor schließt auf, lässt mich durchgehen und schließt hinter uns wieder zu. Ich sehe mich um, ein Weg zwischen Hecken und Gartenzäunen, Lauben, selbst gezimmerte Häuschen, ich bin in einer Kleingärtner-Kolonie! Der Professor öffnet ein Gatter, wir gehen zwischen eingefassten Gemüsebeeten, Obstbäumen mit letzten gelben Blättern und Rosensträuchern hindurch, an denen rote Hagebutten leuchten. Hier wohnt er also, in einem Schrebergarten-Haus Marke Eigenbau, braun lasiertes Holz, von den weißen Fensterrahmen blättert der Lack, auf ein paar Quadratmetern Rasen stehen eine Plastik-Rutsche für Kinder und Plastik-Gartenmöbel. Ich kann es irgendwie nicht fassen, bin aber froh, im Trockenen zu sein.

Während der Professor einen Ofen in der Ecke des Gartenhauses mit Holzscheiten füllt und versucht, mit feuchtem Zeitungspapier ein Feuer anzumachen, sehe ich mich um. Die Hütte ist etwas kleiner als meine Wohnung, der Raum geteilt durch eine Holzwand, dahinter steht ein Feldbett mit Schlafsack. Auf der anderen Seite ein kleiner Wintergarten mit einfachen Scheiben, wie ein Gewächshaus. Neben dem Ofen ein altes Küchenmöbel, Anrichte und Geschirrschrank, hinter gesprungenen Scheiben ein paar Gläser, Tassen, Teller. Dazwischen ist jeder Quadratmeter Wand mit Büchern bedeckt, sie stehen in Regalen aus Obstkisten und groben Brettern und in Stapeln, die vom Boden bis zur Decke reichen. Allein die Titel auf den Buchrücken zu lesen wäre Lektüre für mehrere Tage, philosophische Werke, Romane, Sachbücher, Gedichtbände, Lexika. Endlich brennt das Feuer im Kamin, der Rauch verzieht sich durch die Ritzen in den Wänden, der Professor schließt zufrieden die Ofenklappe und erhebt sich mit einiger Mühe. Ich löse meinen Blick von den Büchern.

„Sie sind gut gegen Kälte, und wenn es draußen heiß ist, helfen sie einem, einen kühlen Kopf zu bewahren", sagt er mit einem Lächeln. Dann gießt er Wasser aus einer Plastikflasche in einen Topf und entfacht die blaue Gasflamme des Campingkochers auf der Anrichte. Als das Wasser kocht, gießt er Tee auf in einer geblümten Kanne ohne Deckel, lässt ihn drei Minuten ziehen und stellt zwei Tassen mit unterschiedlichen Mustern auf den winzigen Tisch, Sammeltassen, die kenne ich noch von meiner Oma. Ich reiße mich vom Bücherregal los und setze mich auf einen der wackligen Stühle. Er gießt mir hellen Darjeeling ein, der überraschend kräftig schmeckt.

„Die Naturphilosophie des 19. Jahrhunderts, kurz vor der Industrialisierung, welche uns die Natur endgültig entfremdete und verfügbar machte, entstand aus einer tiefen Verzweiflung. Einige Naturphilosophen waren Physiker, die versuchten, unter Einsatz ihres Lebens durch Selbstversuche zu beweisen, dass wir zur Natur gehören, dass Geist nicht nur eine Funktion unseres Gehirns ist, sondern auch außerhalb unseres Denkens existiert, dass unsere Gedanken von außen kommen, aus der Welt! Diese Sehnsucht nach Einheit mit der Natur trieb kuriose Blüten. Der Physiker Luigi Galvani glaubte, in der Elektrizität das Prinzip des Lebendigen entdeckt zu haben, nachdem er durch elektrische Impulse das Bein eines toten Frosches zu spontaner Bewegung gebracht hatte. Johann Wilhelm Ritter, auch er Physiker, experimentierte sich daraufhin mit Stromstößen zu Tode auf der Suche nach einer Urformel der Natur, in die das Subjekt mit einbegriffen sein sollte. Gustav Theodor Fechner, Physiker und Philosoph, Professor in Leipzig, schrieb eine Abhandlung über das Gefühlsleben der Pflanzen und entwickelt die Idee von der Erde als übergeordnetem Organismus, dessen Gliedmaßen und Organe die auf ihr existierenden Lebewesen sind, inklusive uns Menschen. Natürlich hat er das nicht erfunden, dieser Gedanke findet sich schon bei Plato im Dialog Timaios. Seine Selbstversuche zum Nachweis der Identität von Geist und Materie führten ihn in eine tiefe psychische und körperliche Krise. Aber keiner der späteren Naturphilosophen hat die Identität von Geist und Natur so persönlich erlebt und so radikal gedacht wie Schelling."

Er legt ein paar Scheite in den Ofen. Ich fühle mich wohl und seltsam leicht, nehme einen Schluck von dem Tee, dessen Wärme durch meine Adern fließt und mir zu Kopf steigt, und plötzlich kommt mir der Gedanke, dass da vielleicht nicht nur Tee drin ist und ich vielleicht schon einen im Tee habe. Verstohlen blicke ich mich um, kann aber nirgends eine verdächtige Flasche entdecken.

„Friedrich Schelling war der jüngste der Tübinger Drei, ein hübscher junger Mann mit wilden Locken. Schon in der Schule fiel seine außergewöhnliche Begabung auf, als Sechzehnjähriger trat er ins Tübinger Stift ein. Mit dreiundzwanzig war er der jüngste Professor in Jena, verkehrte in den intellektuellen Zirkeln der kleinen Universitätsstadt und freundete sich mit August Wilhelm Schlegel und dessen Frau an. Zwischen Friedrich und der zwölf Jahre älteren Caroline, einer außergewöhnlichen Frau, entwickelte sich eine heftige Liebesgeschichte, sie verließ ihren Mann und die beiden heirateten. Caroline starb vier Jahre später an Typhus. Aus der existentiellen Erfahrung des Verlustes seiner geliebten Frau entwickelte Schelling die zentralen Thesen seiner Naturphilosophie. Er weigerte sich, eine Trennung zwischen Geist und Natur anzuerkennen, denn das hätte bedeutet, dass der physische Tod Caroline für immer von ihm getrennt hätte. Aber sie lebte ja in seinem Geist, er konnte mit ihr reden, sie gab ihm Antwort, und es war nicht er selbst, der sich die Antworten gab, wenn er im Geist mit ihr redete, sie antwortete, was er nicht voraussehen konnte, überraschte ihn, bereicherte sein Denken und führte es auf neue Wege. Also war sie noch da, existierte unabhängig von ihm als eigenständiger Geist. Er schloss daraus auf die Naturbegründetheit unserer Individualität. Jeder einzelne Mensch mit all seinen Fehlern und seiner einzigartigen Weltsicht ist so, wie er ist, bereits in der Materie angelegt. Geist ist Natur, Natur ist Geist, unsere Gedanken sind Realität, unsere Körper sind transzendent. Nichts geht verloren, wir waren schon immer da und bleiben in der Welt, als Konzept, als individuelle Einprägung im Kosmos. In diesem Sinn, und nur in diesem, sind wir unsterblich."

Mignon

Beim nach Hause Gehen frage ich mich, ob die Erde meine Schritte fühlt, durch die Asphaltkruste hindurch, kitzelt es sie, wenn ich auftrete? Tut es ihr weh, so zubetoniert zu sein? Der Regen hat aufgehört, von den Friedhofsbäumen tropft es auf das Laub, das sich über den Gräbern gesammelt hat, es riecht wie Kindheitsspaziergänge im Herbst, süß und säuerlich und schon nach Vorfreude auf Weihnachten. Ich denke und denke, mir wird ganz warm davon trotz der noch immer klammen Klamotten, ich bin ziemlich sicher, dass der Professor mir was in den Tee getan hat, denn meine Gedanken sind so klar und gleichzeitig so ungeordnet, wie ich es sonst nicht kenne, ich denke über diesen Philosophen nach, Fechner hieß er glaube ich, und seine Midlifecrisis, und zugleich denke ich, dass die Erde jetzt meine Gedanken denkt und die Gedanken aller Menschen, die auch grade über irgendwas nachdenken, ein einziger großer Gedanke, aber ob er einen Sinn ergibt, bezweifle ich. Wahrscheinlich genauso wenig, wie alle Informationen, die man aus dem Internet abrufen kann, insgesamt einen Sinn ergeben. Mir wird ein bisschen komisch dabei, mich als Organ eines übergeordneten Wesens zu fühlen, auch wenn dieses geheimnisvolle Wesen vielleicht aus meinem unwichtigen inneren Gequatsche noch irgendwas Bedeutungsvolles herausholen kann, aber lieber bin ich frei und denke nun mal den Schwachsinn, der mir in den Kopf kommt, weil ich eben ich bin und nicht anders kann. Zufällig komme ich am Familiengrab des Professors vorbei. Sein Name steht auch drauf, halb von Efeu verdeckt, ohne Sterbedatum natürlich. Das ist mir letztes Mal nicht aufgefallen und es schockiert mich irgendwie. Wieder frage ich mich, was damals passiert ist, vielleicht habe ich irgendwann den Mut, ihn danach zu fragen, und auch, warum er in dieser Hütte wohnt und warum er seinen Job als Professor verloren hat.

Vor meiner Wohnung begegne ich dem Mädchen, das gestern auf dem Ahorn saß. Sie schaut mich an schwarzen Augen an und verschwindet in der Nachbarwohnung. Später stehen Kartons auf dem Flur, endlich zieht jemand neben mir ein. Ich höre, wie Möbel gerückt werden. Soll ich rübergehen und meine Hilfe anbieten? Nein, das wäre wohl aufdringlich. Ein Nagel wird eingeschlagen. Dann plötzlich lautes Geschrei, vielleicht hat sich jemand verletzt? Ich gehe raus auf den Flur, lausche, nichts mehr, kein Geräusch. Ich klingle, die Kleine macht mir auf. „Ist was passiert?" Sie schüttelt den Kopf. Dann kommt die Mutter an die Tür. „Kann ich Ihnen helfen?" frage ich und komme mir aufdringlich vor. Sie zögert, dann sagt sie: „Ja, wenn Sie einen Augenblick Zeit haben, wir schaffen es nicht, das Bett aufzubauen, ich habe mir grade den Finger eingeklemmt." Sie zeigt mir ihren blau angelaufenen Zeigefinger. „Warten Sie, ich habe was dafür!" Irgendwo muss ich noch eine Salbe gegen Prellungen haben, ich wühle meine Schubladen durch und finde sie tatsächlich.

„Danke, das tut gut!" Sie hält den eingecremten Finger in die Luft, während ich mit der Kleinen das Bett aufbaue. Es geht ganz einfach, das Mädchen stellt sich geschickt an, vielleicht lag das Problem eher zwischen Mutter und Tochter als am Bettgestell. „So, erledigt, jetzt können Sie sich beruhigt schlafen legen. Wo schläfst du?" Die Kleine antwortet nicht.

„Ihr Bett steht im Wohnzimmer. Ist ja nicht übermäßig viel Platz hier, aber was Größeres kann ich mir nicht leisten."

„Haben wir uns schon mal irgendwo gesehen?" Blöde Frage, aber die Frau kommt mir irgendwie bekannt vor.

„Das ist möglich, ich sitze an der Kasse im Supermarkt um die Ecke. Vielen Dank für Ihre Hilfe, schön, dass wir hier so nette Nachbarschaft haben. Ich denke, jetzt kommen wir allein zurecht." Das war eine klare Verabschiedung.

Am nächsten Abend klingelt es an meiner Tür, die neue Nachbarin fragt, ob sie mich zu einem Glas Wein einladen darf. Wir sitzen am Esstisch, ihre kleine Tochter mustert mich kritisch, dann zieht sie sich zum Fernseher zurück, den Ton hat sie abgestellt. Wir prosten uns zu, es entsteht eine kleine Stille.

„Meine Tochter mag Sie." Das bringt mich in Verlegenheit, ich bin ihr ja erst zwei Mal begegnet, wenn man mitrechnet, dass ich sie auf dem Baum gegenüber meinem Balkon gesehen habe.

„Sie hat es nicht gesagt, aber ich merke es ihr an. Meine Tochter spricht nicht. Sie kann sprechen, aber sie will nicht." Der Wein schmeckt gut, ich trinke, um nicht antworten zu müssen. „Seit ihr Vater weg ist, hat sie kein Wort mehr gesprochen." Will sie mich in ihre Familienprobleme reinziehen? Das hat mir noch gefehlt! Ich überlege, wie ich hier wieder rauskomme, ohne sie zu kränken, aber dann setzt sich die Kleine zu uns an den Tisch.

„Wie heißt du?" frage ich und komme mir schrecklich dämlich vor, weil mir gleich darauf einfällt, dass sie ja nicht antworten wird.

„Mignon" antwortet die Mutter.

„Seltsamer Name, habe ich noch nie gehört."

„Ihr Vater hat sie so genannt, es ist französisch und heißt Liebling."

„Wo ist ihr Vater jetzt?"

„Immer wieder woanders. Manchmal schickt er eine Postkarte."

„Geld schickt er wohl nicht?"

Sie lacht und schüttelt den Kopf. „Wir müssen schon alleine zurecht kommen. Die Wohnung ist ein Glücksfall für uns, nicht teuer und in der Nähe meiner Arbeit. Mignon ist schon sehr selbständig für ihr Alter, wenn ich Schicht habe, versorgt sie sich selbst." Das legt mir die Frage nahe, ob ich mich zeitweise um sie kümmern soll, das wollte ich eigentlich vermeiden, aber dann frage ich doch: „Soll ich mal nach ihr sehen, wenn Sie nicht da sind?"

„Ach ja, das wäre nett, Montag und Mittwoch habe ich Spätschicht."

Sokrates

„Gehören Kinder eigentlich ihren Eltern?" Dora kuschelt sich an Manni und stellt mit unschuldigem Blick diese Frage.

„Du hattest Streit mit deinem Vater."

Dora stemmt Manni unsanft ihre Ellenbogen in den Bauch und richtet sich auf. „Woher wissen Sie das?" Der Professor antwortet nicht.

„Na ja, wir hatten gestern ziemlichen Streit. Aber hat er denn recht, wenn er sagt, wenn er meine Ausbildung bezahlt, dann ist das eine Investition, und wer Geld investiert, der kann bestimmen, wofür, also kann er mir vorschreiben, was ich studieren soll?"

Ich stelle drei Tassen auf den Tisch, schenke Tee ein, starken schwarzen Assam, scheint mir zum Thema zu passen, und setze mich wieder auf das Klappbett.

„Kinder gehören definitiv nicht ihren Eltern, und dein Vater hat natürlich nicht recht, er kann dir nicht vorschreiben, was du aus deinem Leben machen sollst. Platon hatte im Übrigen das gleiche Problem. Sein Vater hatte eine politische Laufbahn für ihn vorgesehen, aber er wollte etwas Anderes, er fühlte sich eingesperrt in diese dunkle Höhle, wo er nur Schatten der Dinge zu sehen bekam, er war im falschen Film. Aber wie soll man das einem allmächtigen Vater erklären, der sein Geld in den ältesten Sohn investiert hat und auf die Rendite wartet? Nicht nur materiell, sondern vor Allem in Form von Ansehen, Nachruhm, Nachkommen. Was Platons Vater von seinem Sohn erwartete, war - Unsterblichkeit. So wie er sie verstand. Sein Sohn wusste zunächst mal nur, was er nicht wollte, nämlich so werden wie sein Vater und seine Erwartungen erfüllen. Worauf es ihm ankam, wurde ihm erst klar, als er Sokrates begegnete."

„Hat Sokrates wirklich gelebt?" Nicht Dora stellt diese Frage sondern Niki. Er ist mitgekommen, weil es seiner Schwester schlecht geht. „Sie hat sich gestern mal wieder volllaufen lassen", flüsterte er mir ins Ohr, als sie reinkamen, „aber sie wollte trotzdem unbedingt kommen. Hör dir an, sagte sie, was der Professor sagt, und erzähle es mir später. Ich schlafe mich inzwischen mal richtig aus." Und das macht sie. Während der Professor redet, ist sie auf Manni gekuschelt eingeschlafen und nach dem temperamentvollen Einstieg in das Gespräch erschöpfen sich nun ihre Diskussionsbeiträge in zufriedenem Grunzen, wenn sie sich rumdreht und Manni in den Bauch boxt. (Oder ist er es, der grunzt?)

„Ja, es hat ihn tatsächlich gegeben, wir wissen von ihm nicht nur durch die Schriften Platons sondern von unterschiedlichen Zeitzeugen wie Xenophon und Aristophanes, die ihn kritischer betrachten als seine Schüler. Platon gehörte zu einer Clique von reichen jungen Athenern, die sich um Sokrates scharten, den Handwerker, der sich anmaßte, die intelligentesten von ihnen mit seinen Fragen aufs Glatteis zu führen und sich mit den Sophisten anzulegen. Die zogen von Stadt zu Stadt und verdienten gutes Geld damit, Vorträge zu halten und Unterricht zugeben. Der berühmte Sophist Protagoras ließ sich dafür bezahlen, dass er zum Vergnügen der Leute eine These mit guten Argumenten vertrat und sie gleich darauf ebenso überzeugend widerlegte. Auf so was standen die Athener, sie diskutierten leidenschaftlich gern über alles und jedes, und wer am besten reden konnte, behielt meistens recht. Sokrates dagegen ging es um die Wahrheit. Er war eigentlich ein Stadtrand-Philosoph: Athen war sein Pflaster, er konnte nur denken, wenn er mit Leuten redete, ging ihnen mit seiner Fragerei auf die Nerven, konfrontierte sie mit ihren eigenen Denkfehlern und Vorurteilen und kehrte die gängigen Ansichten ins Gegenteil. Er liebte seine Stadt, aber er war ein Außenseiter, sah sich selbst als lästige Bremse, die das edle Pferd Athen piesackt, damit es in Bewegung bleibt, und hatte kein Problem damit, einflussreiche Männer öffentlich vorzuführen und lächerlich zu machen. Deshalb, und nicht etwa wegen Missachtung der Götter und Verführung der Jugend, wie die offizielle Anklage lautete, wurde er zum Tod verurteilt und hingerichtet."

„Cool! So ein Abgang ist doch die beste Strategie, um unsterblich zu werden. Das hat er ja auch geschafft, wir reden hier über ihn, in einer Stadtrandsiedlung im einundzwanzigsten Jahrhundert, und er ist für uns gegenwärtig, er ist noch irgendwie da, und das seit zweitausendfünfhundert Jahren. So was finde ich ehrlich gesagt ziemlich cool."

Der Professor sieht den Jungen ungläubig an, dann fängt er plötzlich an zu lachen. Dora wacht auf und befreit sich aus Mannis liebevoller Umarmung. "Was ist passiert?" fragt sie schläfrig.

„Dein Bruder ist ein Genie," sagt der Professor und wischt sich die Augen.

„Jedenfalls hält er sich für eines", gibt sie trocken zurück.

„Sokrates hätte sich tatsächlich retten können. Seine Schüler hatten die Flucht für ihn vorbereitet, das war übliche Praxis für prominente Verurteilte, das Todesurteil war sozusagen nur pro forma, alle wussten, dass der Delinquent sich davonmachen würde. Ganz Athen war schockiert, dass es wirklich zur Vollstreckung kam, das hatte im Ernst niemand gewollt. Ich will nicht behaupten, Sokrates hätte es bewusst auf den Nachruhm angelegt, solche Überlegungen lagen ihm wohl eher fern. Er war sich seiner Sache sicher, der Tod war nicht das Ende sondern ein Übergang. Er würde die Wahrheit erkennen, sobald der Schleier des Alltäglichen von seinen Augen genommen wurde, die Verblendung der

Sinne, er würde die Treppe raufgehen, den Kinosaal mit den halbgaren Geschichten hinter sich lassen, endlich das wahre Licht sehen. Das Todesurteil kam ihm nicht ungelegen, er war über siebzig, für damalige Zeit ein hohes Alter. Was hatte er noch zu erwarten? Krankheit, körperlicher Verfall, Abhängigkeit, vielleicht Lächerlichkeit, Demenz würde man heute sagen. Der Tod durch den Schierlingsbecher bedeutete kein Leiden, das Gift wirkt schnell und schmerzlos. Er beobachtete seine schwindenden Körperfunktionen mit wissenschaftlichem Interesse. Beinahe könnte man meinen, er war neugierig auf den Tod. Er hat auf die Wahrheit gewettet, der Einsatz war sein Leben. Die Verlierer in diesem Spiel waren seine Schüler, die ihn liebten und ohne ihn nicht leben konnten, jedenfalls glaubten sie das. Er befreite sie durch seinen Tod von der Übervater-Figur, die sie aus ihm gemacht hatten, aber sie waren verzweifelt, ihn sterben zu sehen, und konnten nicht begreifen, warum er sie im Stich ließ, aus freien Stücken. Sie nahmen es ihm übel, und aus ihrer Sicht hatten sie nicht ganz Unrecht. Er wollte nur die ihm Vertrautesten um sich haben in seiner Todesstunde. Platon war nicht dabei."

„Aber er hat es doch beschrieben", sagt Dora.

„Ja, er hat es beschrieben, wie manches, dessen Zeuge er nicht war. Plato war nicht nur Philosoph, er war auch ein genialer Autor. Zum Glück hat er sein Talent nicht an Tragödien verschwendet. Nach dem Tod seines Lehrers wusste er, was seine Aufgabe war. Er hat Sokrates unsterblich gemacht."

Plötzlich springt Niki auf und geht zum Fenster. „Was ist das?" Er macht die Balkontür auf und geht raus. „Hey, wer bist du? Was machst du da oben?"

Mignon schaut ihn mit ihren schwarzen Augen an, dann klettert sie in Windeseile vom Baum herunter und verschwindet.

„Wer war das? Wo ist sie hin? Kann die fliegen oder was?"

„Sie heißt Mignon und wohnt mit ihrer Mutter nebenan. Fliegen kann sie nicht, obwohl es mich nicht wundern würde, aber sie kann unglaublich gut auf Bäume klettern."

Als ich wieder allein bin, klopft es leise an meiner Tür. Das ist Mignons Zeichen. Zweimal die Woche passe ich auf sie auf, das heißt, sie entscheidet, ob ich auf sie aufpassen soll oder ob sie lieber allein bleibt. Ich verstehe sie, auch wenn sie nichts sagt. Wenn es nötig ist, schreibt sie mir auf, was sie sagen will. Ich frage mich, warum sie sich weigert zu sprechen, und was aus ihr werden soll, wenn sie dabei bleibt. Sie geht in eine Förderschule, keine Chance, weiter zu kommen, aber sie ist klug, das ist unübersehbar. Wenn sie bei mir ist, holt sie sich ein Buch aus dem Regal, kuschelt sich in Manni und ich vergesse manchmal, dass sie da ist, bis ihre Mutter an meiner Tür klingelt. Oder sie bringt ihre Hausaufgaben mit, und ich helfe ihr, wenn sie es will und ich es kann. Aber heute ist irgendwas anders. Sie setzt sich auf mein Klappbett und schaut mich an.

„Was ist los? Kein Buch heute und keine Hausaufgaben?" Sie schüttelt den Kopf, dann schreibt sie etwas auf ihren Notizblock, den sie immer dabei hat, und reicht es mir. „Wer ist der Junge?"

Ich brauche einen Moment. Aber klar, sie meint Niki, der ihr vom Balkon aus zugerufen hat.

„Er heißt Niki, er kommt mit seiner Schwester Dora zu unseren Philosophiestunden mit dem Professor."

Sie nickt, ich gebe ihr den Block zurück, sie schreibt: „Ich möchte gerne nächstes Mal dabei sein."

„Klar kannst du kommen, wir freuen uns!"

Auf der Tastatur von Nikis Computer sitzt der Igel. Nicht nur das, er hat ein rotes Band um den Hals oder vielmehr dort, wo bei anderen Tieren der Hals ist. Ich lasse den Rechner hochfahren, gebe das Kennwort ein. „GEFAHR!!!" steht in Großbuchstaben über Nikis Nachricht.

„Ich wusste, dass meine Mutter eine Schweinerei vorhat, sie war in letzter Zeit so schrecklich gut drauf. Also, ich habe es gestern herausgefunden, sie hat mit deinem Ex telefoniert und ihm verraten, dass du Mittwochs bei uns putzt. Also, wenn du ihm nicht begegnen willst, dann geh besser sofort wieder. Ansonsten bist du jetzt vorbereitet, mach daraus, was du willst. Danke übrigens, dass ich bei dem Philosophiegespräch dabei sein durfte. Ich würde gern wiederkommen, mal sehen, wie ich das bei meiner Schwester durchkriege. Sokrates ist jedenfalls ein super Typ, schade dass man ihm nicht mehr persönlich begegnen kann, diesem Platon traue ich nicht so ganz, ich glaube, er hat ihn sich so gestrickt, wie es ihm passte. Bis dann, Niki! P.S. Achtung, er hat einen Schlüssel!"

Liebste Karla, du hinterhältiges Biest! Wir waren doch eine Zeitlang Freundinnen! Meine erste spontane Reaktion ist: nichts wie weg! Ich kann mir genau vorstellen, was Karla beabsichtigt. Sie will mich vor Karsten demütigen, er soll sehen, wie weit ich gekommen bin, dass ich es nötig habe, für andere zu putzen, so hat sich meine allerliebste ehemalige Freundin das ausgedacht, da bin ich sicher. Aber Putzen ist keine Schande, es ist ein ehrenwerter und nützlicher Job, im Gegensatz zu manch anderem, bei dem man viel Geld verdient. Ich bleibe also, ziehe in aller Ruhe mein Programm durch und lasse mir extra viel Zeit im Bad, aber zu meinem Bedauern höre ich keinen Schlüssel im Schloss sich drehen. Karsten lässt auf sich warten. Als er dann wirklich vor mir steht, habe ich ihn ganz vergessen und bügle grade völlig authentisch und hingebungsvoll eine von Karlas Repräsentationsblusen. Doppelte Volants an

Kragen und Knopfleiste sind eine echte Herausforderung, ich bin voll konzentriert und verbrenne mich vor Schreck am Bügeleisen, als Karsten plötzlich vor mir steht.

„Scheiße!" rutscht es mir raus, der angemessene Empfang, ich renne in die Küche und halte die Hand unters kalte Wasser. Er steht in der Tür und sieht mir zu, irgendwie erstaunt.

„Du hast dich verändert, bist schlank geworden, und auch sonst, deine Haare sind anders. Steht dir gut!" Der Schmerz macht mich wütend, in dieser speziellen Situation ein positiver Nebeneffekt, wie ich finde.

„Kann sein, ich hab keinen Spiegel und es interessiert mich nicht, wie ich aussehe. Warum schleichst du dich hier rein wie ein Einbrecher? Oder wie ein heimlicher Lover? Hast du neuerdings was mit Karla, oder warum gibt sie dir einen Schlüssel?" Ich komme in Fahrt! Das kalte Wasser tut noch mehr weh als die kleine Brandwunde, die spüre ich gar nicht mehr.

„Ich - Karla hat mir gesagt, dass du heute hier bist, ich weiß ja nicht, wie ich dich erreichen kann."

„Das ist auch gut so, keiner soll mich erreichen!" Probeweise nehme ich die Hand aus dem Wasserstrahl, sofort fängt es wieder an zu brennen.

„Was soll das, sei nicht kindisch. Wir sollten doch wie Erwachsene miteinander reden!" Das haut mich echt um! Er lässt mich nach fünfundzwanzig Jahren sitzen, macht ein Kind mit einer Fünfundzwanzigjährigen und will mir erzählen, wie sich erwachsene Menschen verhalten sollten!

„Und, wann kommt euer Baby?"

„Deshalb wollte ich mit dir reden." Er zieht einen Umschlag aus der Tasche und legt ihn mir hin. Ich ignoriere es, er soll mir sagen, was drin ist. Wahrscheinlich hat er die Scheidung eingereicht.

„Unsere Tochter kommt Anfang April zur Welt, und ich möchte, dass sie meinen Namen trägt."

Hochzeit in Weiß mit schwangerer Braut und einem Kindsvater, der der Opa sein könnte, über solche Typen hat er vor ein paar Jahren noch gelacht. Aber wenn es ihn glücklich macht - zum Glück reichen meine Wut und meine wehe Hand noch aus, um zu verhindern, dass ich losheule. Wir haben mal zusammengehört, so lange ist das noch nicht her, für mich jedenfalls nicht, ich hab ja bis zuletzt nichts gemerkt, dachte, ich lebe noch immer mit einem Mann zusammen, den ich so gut kenne wie mich selbst. Wie blöd ich war! Zu glauben, unsere Beziehung sei etwas Besonderes, unsere Liebe hielte bis ins Alter, verwandelte sich in Freundschaft, wenn die Leidenschaft weg ist, das Vertrauen bliebe bestehen. So hatte ich es mir gewünscht. Ich sehe ihm ins Gesicht, er hat sich auch verändert, ich kann nicht genau sagen, was es ist, ein anderer Ausdruck, nicht mehr so jungenhaft, und ich dachte, er würde mit achtzig immer noch irgendwie ein Junge sein, mit dem man über Zäune klettern und Nachbars Kirschen klauen kann. Ich drehe den Wasserhahn zu, trockne mir die Hände ab und öffne den Umschlag. „O.k., wo soll ich unterschreiben?"

Am folgenden Morgen ist der Rasen weiß von Reif, vereinzelte Schneeflocken trudeln vom grauen Himmel durch die kahlen Äste des Ahorns. Ich ziehe meinen alten Wintermantel an und besuche den Professor in seiner Hütte. Er gießt uns beiden Tee auf und legt ein paar Holzscheite ins Feuer. Draußen fängt es jetzt richtig an zu schneien, ich sehe den Flocken zu, die allmählich dichter und größer werden, trinke Jasmintee, und plötzlich schwappt eine Welle Glücksgefühl durch mich hindurch, die Wärme, der Geruch nach Rauch, wenn ich nach Hause gehe wird der Schnee unter meinen Schuhen knirschen, ich werde eine Kerze anzünden - habe ich eine? Ich besorge eine auf dem Heimweg. Anscheinend ist mir das Glücksgefühl ins Gesicht geschrieben. „Schön, der Schnee draußen, die Wärme drinnen, Feuer im Ofen, Tee in der Tasse - was braucht man mehr, um glücklich zu sein? Sie geben grade ein gutes Beispiel für die Leib-Seele-Identität, nach Fechner eine Erscheinungsform der Identität von Geist und Materie, ihr Gefühl spiegelt sich unmittelbar im Ausdruck Ihres Gesichts, dieser wiederum vermittelt Ihr Gefühl an mich weiter, sodass ich ebenfalls daran teilhabe, aufgrund der Fähigkeit meiner Spiegel-Neuronen, von denen Fechner noch nichts wusste. Der Augenblick, den wir gerade erleben, diese scheinbar so überschaubare Situation, ist in Wirklichkeit unendlich, die Schneeflocken draußen bestehen aus unzähligen Eiskristallen, keine gleicht der anderen, die Bäume bestehen aus Milliarden von Zellen, eine Vielzahl von Lebewesen bevölkert für uns unsichtbar das Bild, sie fühlen in diesem Moment irgendetwas, vielleicht denken sie, auch sie bestehen aus Zellen, jede einzelne davon ist ein organisches Gebilde mit vielen Funktionen, das Feuer im Kamin, das die Hütte so gemütlich warm macht, ist eine komplexe chemische Kettenreaktion, was in diesem Augenblick in unseren eigenen Körpern vorgeht, davon haben wir wenig Ahnung und nehmen es kaum wahr, selbst von unseren Gedanken und Erinnerungen bleibt das meiste unbewusst, wenn nicht ein Zufall es an die Oberfläche spült. Dies alles zusammen ist ein Ganzes aus Natur und Empfindung, Physik, Wahrnehmung, Gedanken, Erinnerungen, Sprache, Gegenwart und Vergangenheit, noch ein bisschen Zukunft und Erwartung dazu, dann haben wir diese konkrete Situation, wir beide hier am Tisch, von Wärme und Kälte umgeben, erfüllt von Gedanken und Sinneseindrücken und im Gespräch über die philosophischen Versuche, eben dies zu beschreiben."

Datenklau

„ Ich glaube, in Daddys Firma läuft irgend eine Schweinerei", sagt Niki nach dem Philosophiegespräch zu mir,
als wir uns an der Tür verabschieden.
Dora schaut ihn groß an. "Wie kommst du darauf?"
„Nur so ein Gefühl. Nein, ich hab auch was gehört. Er
hat mich gestern von der Schule abgeholt und musste
noch mal ins Büro, wichtige Besprechung. Ich hab' an
der Tür gelauscht, ich geb's ja zu, aber leider nicht alles
mitbekommen."
„Du bildest dir was ein!" Dora ist sauer. „Lass Daddy in
Ruhe!"
„Ich schreib dir was auf", flüstert Niki mir ins Ohr, als
seine Schwester außer Hörweite ist.

Wieder trägt der Igel das rote Band, und ich lese: „Du
musst mir helfen! Ich brauche die aktuellen Dateien von
Daddys Computer, aber in nächster Zeit besteht keine
Chance, dass ich in sein Büro komme. Also, ich hab mir
Folgendes überlegt. Die Firma, die das Büro zweimal in
der Woche sauber macht, heißt Kurz&Clean. Bitte versuche, bei denen einen Aushilfsjob zu bekommen. Daddys Büro ist die erste Tür links, das Passwort seines
Computers heißt ‚Borussia', er ist Dortmund-Fan. Also,
geh rein und sieh nach, ob es einen Ordner ‚Aktuell'
oder so was gibt, den ziehst du auf einen Stick (liegt
neben der Tastatur), ich nehme an, du weißt, wie das
geht. Ich verlass mich auf dich! Niki"
Was soll das, meint er das wirklich ernst? Und hält er
mich wirklich für eine Profi-Putzfrau, die bei einer
Gebäudereinigungsfirma einen Job bekommt? Ich kenne
mich nicht aus mit Bohnermaschinen und was es da so
gibt. Dann entdecke ich das P.S: "Entschuldige, ich
weiß, du bist nicht Fachfrau, du machst das nur aus

Freundschaft für meine Mutter, aber ich bin sicher, es ist für dich kein Problem, so eine Rolle zu spielen."
Gehen jetzt seine Phantasie und die Harry-Potter-Geschichten mit ihm durch? Was verlangt er da von mir? Immerhin lasse ich mich auf etwas Illegales ein, was ist, wenn ich dabei erwischt werde? Datenklau, das ist strafbar, kriminell - andererseits, anscheinend ist es wichtig für ihn, und außerdem - na ja, ziemlich spannend! Wenn er recht hat mit seinem Verdacht? Vielleicht steckt wirklich etwas dahinter, ein Immobiliendeal, Geldwäsche, Korruption - würde ich Olli zutrauen! Da ist auch ein Link zur Seite von Kurz&Clean, es gibt eine direkte Busverbindung. Und sie suchen Aushilfen

Die Frau im Personalbüro ist freundlich, ich bin mit dem Stundenlohn zufrieden, auszahlbar Freitags nach Feierabend. Zwei Tage später stehe ich mit drei Kolleginnen und dem Vorarbeiter im Flur der Firma ImmoTrust, wo Nikis Vater arbeitet, fühle den USB-Stick in meiner Jackentasche und höre mir die Anweisungen des Teamleiters an. Keine Papiere auf den Schreibtischen anrühren (habe ich nicht vor), Papierkörbe nicht ausleeren, vorsichtig die Computerbildschirme mit Mikrofasertüchern abwischen, er drückt sie uns in die Hand und schließt die Türen der Büros auf.
Es gibt ein eingespieltes Schema, jede von uns macht ein Büro, alle zusammen zuletzt die Kantine, der Teamchef geht mit der Maschine durch, so hat er die Kontrolle und den leichtesten Job. Mir ist es recht, an der ersten Tür dränge ich mich unauffällig vor und betrete Ollis Büro. Auf dem Schreibtisch ein Familienfoto, Karla, Olli, Dora und Niki im Garten, alle mit Ameisenscheiße-Lächeln im Gesicht, nur Niki grinst spöttisch, ich habe das Gefühl, er zwinkert mir zu, mach deinen Job gut! Ich lasse die Tür so weit offen, dass ich sehen kann, wenn jemand auf dem Flur vorbei geht, derjenige mich

aber nicht am Schreibtisch im Blickfeld hat. Niki hat mir aufgeschrieben, wie man der Computer hochfährt, sonst käme ich echt ins Schwimmen, als Mac-User hat man keine Ahnung vom wirklichen Leben! Ich finde einen Ordner „Aktuell" und lade ihn komplett auf den Stick. Das Wummern des Staubsaugers kommt näher, ich werde nervös, das Laden dauert, hektisch wische ich mit dem Mikrofasertuch über die Tastatur, aber das Geräusch wird wieder leiser, er ist im Büro nebenan. Ich frage mich, ob ich das hier wirklich grade mache, Daten klauen im Büro eines ehemaligen Freundes, als Putzfrau verkleidet (aber was heißt verkleidet) und es macht mir auch noch Spaß, in Nikis speziellem Auftrag eine strafbare Handlung zu begehen. Noch nie hatte ich die Chance, meine kriminelle Energie zum Einsatz zu bringen! Endlich der Hinweis „Ladevorgang abgeschlossen", der Staubsauger naht, ich werfe den Daten-Ordner aus, stecke den Stick ein und lasse den Rechner runterfahren, das dauert wieder, der Bildschirm ist noch hell, als unser Teamchef dann doch überraschend schnell hinter seinem Profi-Gerät her ins Zimmer schwebt, ich wische über die Regale, das verräterische Leuchten erlischt eine Zehntelsekunde bevor es in seinem Blickwinkel erscheint.

„Du hast wohl auch bessere Zeiten gesehen", sagt meine Kollegin Frieda, als wir uns nach Feierabend einen Kaffee in der Kantine gönnen. Sie ist schätzungsweise zehn Jahre älter als ich, und ich mag sie nicht fragen, wie *ihre* besseren Zeiten ausgesehen haben. Während die heiße, geschmacklose Brühe mir den Mund verbrennt, denke ich darüber nach, was ich ihr antworten soll, ich weiß nicht mehr so genau, was gute und was schlechte Zeiten in meinem Leben waren, alles kehrt sich zur Zeit ziemlich um und ändert die Bedeutung. Ich bin erschöpft von der Aufregung der letzten Stunden, ich hatte wirklich Angst vor dieser Aktion, zu der Niki mich überredet hat, und staune ich über mich selbst, wie cool ich das durchgezogen habe, hätte ich mir nicht zugetraut! Es kribbelt noch in meinen Armen und Beinen, die Anspannung lässt nach, das heiße, entfernt Kaffee-ähnliche Getränk wärmt mich von innen, ich berühre den Stick in meiner Jackentasche, will mich versichern, dass er noch da ist. Frieda sagt nichts, hängt ihren Gedanken nach, und plötzlich habe ich das Gefühl, dass alles irgendwie am richtigen Platz ist, die Tische und Stühle, die halb vertrockneten Zimmerpflanzen, Salz- und Pfefferstreuer auf den Tischen, der Kaffeeautomat, jedes einzelne Ding in dieser wahrlich nicht berauschenden Umgebung ist richtig und notwendig und genau so wie es sein soll, einschließlich mir und Frieda, die sich zufällig in dieser Putzkolonne über den Weg gelaufen sind und Sympathie füreinander empfinden, obwohl keine von uns etwas über die andere weiß. Wir sitzen hier beisammen und trinken Automatenkaffee, weil unsere Lebenswege uns unausweichlich hierher geführt haben. Nachdenklich betrachte ich den Rest brauner Flüssigkeit im Becher. Sollte da irgendwas drin gewesen sein, wie im Tee des Professors? Aber Frieda zeigt keine philosophischen Symptome, zumindest äußerlich. Plötzlich will ich ganz schnell nach Hause, will wissen, was ich da Wichtiges geklaut habe und verabschiede mich ziemlich abrupt von Frieda.

„Kommst du noch mal?" Ich weiß nicht so recht, mein Auftrag ist erledigt, ich will eigentlich nicht wirklich Putzfrau sein, aber das will sie wohl genauso wenig wie ich, trotzdem arbeitet sie bei Kurz&Clean.

„Ich komme wieder", sage ich einfach mal so, „wenn sie wieder Aushilfskräfte brauchen."

„Eigentlich brauchen sie die immer!" Sie scheint sich zu freuen. „Also dann..."

Joker

Ich schalte den Computer an und schiebe den Stick in den USB-Eingang, aber keine der geklauten Dateien lässt sich öffnen. Ich verfluche meinen alten Mac und meine fundamentale Unkenntnis. Dann finde ich eine PDF und fühle mich wie beim Auspacken der Weihnachtsgeschenke, als sich die Seite entfaltet. Ein Schreiben an die Stadtverwaltung, eigentlich belanglos, es geht um irgendwelche Pachtverträge und deren Laufzeit. Pächter ist der Kleingärtnerverein. Ich ziehe den Lageplan groß, er sagt mir erst mal gar nichts, bis ich den Friedhof daneben erkenne. Klar, das ist die Schrebergarten-Anlage, wo der Professor wohnt! Was soll diese Anfrage? Was haben die mit den Stadtrandgartenfreunden zu tun? Wenn sie rauskriegen, dass da jemand wohnt, ist Gefahr im Verzug! Ich muss den Professor warnen!

Zum ersten Mal seit längerer Zeit gehe ich in die Stadt, das heißt, ich fahre mit dem Bus. Es ist Samstag, der Bus ist voll, eigentlich bin ich in dem Alter, in dem junge Leute einem ihren Sitzplatz anbieten, aber entweder sehe ich nicht alt genug aus oder diese Sitte ist in Vergessenheit geraten. Aber es macht mir nichts aus zu stehen. In der Stadt stelle ich fest, dass bald Weihnachten ist, ich hatte es ganz vergessen. Sonne bei frostigen Temperaturen, genau das richtige Wetter für einen Bummel über den Weihnachtsmarkt. Ich kämpfe mich durch die verstopften Gassen zwischen den Buden mit Christbaumschmuck, Glühwein und heißen Waffeln bis zum Kaufhof. Am Platz des Professors sitzt der Junge mit der Punk-Tolle und dem netten Hund. Ich lege einen Euro in seine Mütze, er bedankt sich.

„Der Professor ist heute nicht da?"

„Nein, eigentlich ist es sein Tag, aber als er heute Morgen nicht erschien, hab ich seinen Platz übernommen." Er mustert mich argwöhnisch. „Kennst du ihn? Er hat sein Buch hier liegen lassen." Ich sehe ihn an, mein Widerwille gegen ihn ist plötzlich verschwunden, irgendwas an ihm gefällt mir, vielleicht wäre es keine schlechte Idee, unseren philosophischen Kreis zu erweitern. Weil er mich umstandslos mit Du anredet, bleibe ich dabei.

„Gib es ihm doch selbst zurück. Wir treffen uns immer mittwochs bei mir zu einem philosophischen Gespräch, wenn du magst, komm doch nächstes Mal vorbei." Er schaut ein bisschen ungläubig, ich erkläre ihm, wo ich wohne, er behält das Buch und ich bin gespannt, ob er kommen wird.

Wer am folgenden Mittwoch nicht kommt, ist der Professor. Niki und Dora streiten kurz um den Sitzsack, ich schlage vor, dass sie sich jede Woche abwechseln, also ist Dora dran. Aber Manni muss sie gleich wieder abgeben, denn es klopft leise an der Tür. Mignon steht draußen.

„Schön dass du kommst!" Ich hatte nicht damit gerechnet, dass sie sich wirklich traut, aber Niki ist wohl der Grund für ihren Mut.

„Du bist doch das Mädchen, das auf dem Baum saß", stellt er fest, „ganz schön mutig, da rauf zu klettern!" Mignon strahlt, aber sie setzt sich nicht zu Niki und mir aufs Klappbett, sondern stellt sich neben Dora und schaut sie an.

„Klar, du darfst Manni haben!"

Jetzt wird es eng auf meinem Bett, Dora kuschelt sich ans Kopfende und Mignon versinkt in Manni. Wir warten auf den Professor, aber er kommt nicht.

„Was ist los?" wundert sich Niki, „er hat sich doch noch nie verspätet!"

Dann klingelt es endlich, ich drücke auf den Summer und kurz darauf steht der Junge vom Kaufhof mit seinem Hund im Zimmer, ich hatte ihn ganz vergessen!

„Kann mein Hund mit reinkommen?"

„Kommt beide rein", sage ich, „der Professor ist noch nicht da. Wie heißt du eigentlich?"

„Nenn mich Joker."

„Und dein Hund?" Die grauscheckige Promenadenmischung wedelt mit dem Schwanz.

„Er heißt auch Joker." Die beiden Joker setzen sich auf den Boden. Alle richten ihren Blick zur Tür, aber der Stuhl des Professors bleibt heute leer.

„Ich hab gewusst, dass er nicht kommt", sagt Joker und streichelt Joker. Ich frage nicht, woher er das weiß. Dora mustert den Jungen misstrauisch.

„Gehörst du jetzt auch dazu?"

„Sieht so aus, Lady!" gibt er zurück.

„Also, wenn der Professor nicht kommt", sagt Niki zu mir, „dann erzähl mal, hast du die Daten kopiert? Wie war's denn in Daddys Büro?"

Ich war nie gut im Erzählen, aber jetzt lege ich richtig los. Diese Geschichte ist *meine* Geschichte, ich bin richtig stolz darauf, dass ich mich das getraut habe und erlebe es beim Erzählen noch einmal. Die Kinder hören mir mit offenen Mündern zu. Ehrlich gesagt, ich schmücke ein bisschen aus und mache die Sache etwas spannender, als sie in Wirklichkeit war. „Ehrlich?", fragt Niki, „cool!" staunt Dora, „hätte ich dir nicht zugetraut," meint Joker, als ich fertig bin, und Mignon fixiert mich mit ihren Haselnussaugen.

„Und was ist jetzt auf dem Stick drauf?"

„Na ja, das Problem ist, ich kann die meisten Dateien nicht öffnen."

„Kein Problem, ich lade die passenden Programme aus dem Internet runter."

„Ähm, aber ich habe keinen Internetanschluss."

Er schaut mich an und grinst. „Kein Problem, Internet ist überall!"

Ich koche Kakao für die ganze Runde. Niemand spricht, nur das Sprudeln der Milch beim Aufkochen ist zu hören, und das leise Klicken der Tastatur. Ich bringe die dampfenden Tassen und stelle sie leise neben jeden hin, um ihre Versunkenheit nicht zu stören. Dora kämmt Mignons Haar mit den Fingern und flicht es zu einem dicken Zopf. Niki streichelt Jokers Hund Joker, der seinen Kopf auf Nikis Knie legt. Draußen fängt es an zu schneien, bald leuchten die Äste des Ahorns weiß gegen das Grau der Häuser. Ich suche nach einem Band für Mignons Zopf. Die Zeit steht still, und ich denke, während Dora das blaue Band in Mignons dunkle Haare schlingt, über unser seltsames Zusammensein nach, vier Kinder, oder doch beinahe noch Kinder, in meiner winzigen Wohnung, wir kennen uns erst seit kurzer Zeit, aber sie sitzen so selbstverständlich hier, als wären wir uns seit je her vertraut. Der Professor fehlt, der eigentliche Grund unseres Treffens, eine etwas ungewöhnliche wöchentliche Nachhilfestunde in Philosophie und Lebenskunde fällt aus, dafür findet eine konspirativen Sitzung statt zum Zweck der Aufdeckung irgendwelcher ungesetzlicher Machenschaften in der Firma von Nikis Vater.

„Ich hab's", verkündet Joker, wir umringen ihn und den Bildschirm meines angejahrten Mac mit der geringen Bildauflösung, weshalb man die Schrift der Dokumente nur schwer entziffern kann.

„Zuerst die PDF, die hast du ja schon gesehen." Er öffnet den Brief mit dem Lageplan der Kleingartenkolonie. „Weißt du, wo das ist?"

„Ja, das sind die Schrebergärten hinter dem Friedhof."

„Auf den ersten Blick eine harmlose Anfrage bei der Stadtverwaltung wegen der Laufzeit der Pachtverträge.

Aber es steckt was anderes dahinter." Joker schließt das Dokument und öffnet ein anderes. Es sieht aus wie ein Bauplan, eine Siedlung von Einfamilienhäusern, mediterraner Baustil, „luxuriöses Wohnen am Stadtrand". Er öffnet ein Exposé mit Berechnungen: Baukosten und Rendite pro Quadratmeter, ich verstehe nicht alles, aber so viel ist klar, dass es sich um ein geplantes Wohnungsbauprojekt handelt.

„Da will ein Investor an die städtischen Grundstücke drankommen, auf denen die Laubenpieper ihr Gemüse anpflanzen, würde ich mal sagen. Und der nette Zeitgenosse, dem der Computer gehört, von dem das hier kopiert wurde, versucht es irgendwie hinzukriegen, wahrscheinlich indem er jemanden in der Stadtverwaltung schmiert."

„Der nette Zeitgenosse ist mein Vater." Niki schiebt Jokers großen schwarzweißen Kopf beiseite, der sich an ihn herandrängt und weiter gestreichelt werden möchte.

„Tut mir leid für dich. Hast du eine Ahnung, wer es sein könnte, dem er ein bisschen finanziell unter die Arme greifen will für gewisse Gegenleistungen?"

„Vor ein paar Wochen war ein Mann bei uns, den ich nicht kenne, keiner von den Freunden meiner Eltern. Mein Vater verzog sich mit ihm ins Wohnzimmer und schloss die Tür, damit Dora und ich nicht mitbekamen, was sie redeten. Ich hab sie natürlich belauscht, aber nicht verstanden, worum es ging. Sein Name war, glaube ich, Winterberg oder Hinterberg oder so."

„Das ist ja schon mal was. Ich hänge mich in die städtische Webseite, kann ein bisschen dauern."

Wieder Stille. Ich schenke noch mal Kakao ein. Das Schneetreiben wird dichter.

„Da ist ja unser Freund, Herr Dr. Minderberg vom städtischen Bauamt." Joker zeigt auf ein Gruppenfoto vor dem Rathaus. „Der Zweite von links, mit der Glatze. Sah er so aus?" Niki nickt, „ja, das ist er, eindeutig."

„Gut, dann sind wir ja schon ziemlich weit. Nur das Wichtigste fehlt noch: der Nachweis, dass zwischen den beiden eine Schmiergeldsache läuft. Wäre ganz praktisch, wenn er noch mal bei euch zuhause aufkreuzen würde, und wir könnten einen kleinen Film drehen, wenn der Umschlag mit Geld über den Tisch geht, aber das ist eher unwahrscheinlich. Ich denke, wir müssen jede Spur verfolgen, also, Niki, du hältst Augen und Ohren offen, was deinen Vater und seine Besuche und Telefonate angeht. Und du", er sieht mich an, „solltest mal wieder putzen gehen."

Ich nicke und stelle fest, dass Joker das Kommando übernommen hat. Alle scheinen damit einverstanden zu sein, also habe ich auch nichts dagegen. Beim Rausgehen sagt Dora zu Mignon: „Der Zopf steht dir gut, schau dich mal im Spiegel an!" Sie macht die Tür zum Bad auf.

„Ich hab keinen Spiegel", sage ich. Sie schaut mich ungläubig an. „Wie, du hast keinen Spiegel!"

„Der über dem Waschbecken ging kaputt, als ich eingezogen bin, und ich hab mir keinen mehr besorgt."

„Und wie, ich meine, wie schaust du dich dann an?"

„Gar nicht. Es interessiert mich nicht, wie ich aussehe."

„???"

„Ehrlich gesagt, es geht mir richtig gut, seit ich mich nicht mehr im Spiegel betrachte." Ich suche nach einer Erklärung dafür, denn Dora sieht mich immer noch an, als wäre ich ein Alien. „Man kann sich selbst im Grunde gar nicht im Spiegel sehen."

„Wie meinst du das?"

„Man sieht sich immer spiegelverkehrt, also nie so, wie man wirklich ist und wie einen die Anderen sehen."

Sie überlegt, eine Falte gräbt sich zwischen ihre Augenbrauen. Irgendwann wird diese Falte zu ihrem Gesicht gehören, aber wenn alles schief läuft, wird sie diese

Spur ihres Nachdenkens irgendwann mit Botox weg-spritzen lassen.

„Du kannst dich selbst niemals so sehen, wie du bist."

Das kapiere ich auch erst in diesem Moment.

„Doch, auf Fotos zum Beispiel."

„Du findest dich also auf Fotos immer gut getroffen?"

Sie grinst und schüttelt den Kopf. „Die meisten Fotos von mir finde ich schrecklich, ich sehe darauf aus wie ein Zombie!"

„Eben so, wie du in einer einzelnen Sekunde aussiehst, eingefroren, stillgestellt, du hast recht: wie eine lebende Tote. So wie du in Wirklichkeit nicht aussiehst, niemand sieht dich so."

„Aber in einem Film? Da bin ich in Bewegung."

„Auch das ist nur ein Bild von dir. Du kannst dich nie wirklich sehen, nie live, nur aufgezeichnet, im Nach-hinein, oder spiegelverkehrt. Wir sind für uns selbst unsichtbar, ein Geheimnis."

Es schneit die ganze Nacht. In der Frühe weckt mich das Rumpeln des Schneepflugs. Ich mache mir Sorgen um den Professor. Seine Hütte ist nicht wirklich winter-tauglich, und außerdem schwebt ein Damoklesschwert darüber. Ich ziehe den alten Wintermantel an und mache mich auf den Weg zum Friedhof. Trotz Berufsverkehr hängt eine seltsame Stille über der Stadt, wie in einem Raum mit Schallschutzwänden, der Schnee verschluckt die Geräusche oder nimmt ihnen zumindest die Spitze. Es ist noch dunkel. Meine Füße rutschen bei jedem Schritt wieder ein Stück zurück, die meisten Fußwege sind noch nicht geräumt. Wann gab es das letzte Mal hier so viel Schnee? Auf den Friedhofswegen hinterlas-se ich die ersten Spuren. Der Schnee reflektiert das Morgenlicht zu durchsichtigem Grau, fast scheint es, als ob sein Weiß in der Dämmerung phosphoresziert.

Die Laubenkolonie steht da wie ein Sibirisches Dorf. Das Tor ist verschlossen, ich gehe ein Stück am Zaun entlang, auch hier keine menschliche Spur. Die Hütte des Professors ist dunkel, kein Rauch kommt aus dem Kaminrohr. Vielleicht schläft er noch? Aber ohne Feuer im Kamin würde er über Nacht erfrieren! Er ist nicht da, das hoffe ich jedenfalls. Sicher hat er irgendwo Familie, Angehörige, Freunde, bei denen er über die Weihnachtszeit bleiben kann. Ich mache mich auf den Heimweg, die Kälte dringt durch meinen Mantel, meine Schuhe sind nicht wasserfest, meine Füße nass und steif vor Kälte. Im Treppenhaus fällt mein Blick auf die Briefkästen. Ich habe meinen noch nie aufgemacht, weiß gar nicht, wo der Schlüssel ist, es ist sowieso nie was drin, aber jetzt sehe ich etwas Weißes unter der Klappe herausragen und ziehe ein Blatt Papier aus dem Briefschlitz. „Keine Sorge, ich komme wieder", steht darauf, sonst nichts, aber ich weiß, es ist eine Nachricht vom Professor.

Der Zettel macht mich ganz unverhältnismäßig glücklich, ich bereite mir ein Sonntagsfrühstück mit Milchkaffee, Spiegelei und Schinkenbrötchen. Dann fällt mir ein, dass eine Piccolo-Flasche Champagner in meinem Kühlschrank steht, Weihnachtspräsent vom Supermarkt. Ich schenke mir ein Glas ein und trinke es in einem Zug, Sektfrühstück, so was hatte ich lange nicht mehr! Die Nachricht des Professors liegt neben meinem Teller. Vielleicht war sie ja schon seit ein paar Tagen im Briefkasten und ich habe es nicht bemerkt. Also denkt er an uns, auch wenn er seinen Aufenthaltsort nicht verraten will. Das ist letztendlich seine Sache, aber er wird wiederkommen, so viel ist sicher. Wenn ich Internet hätte, könnte ich seinen Namen googeln, um etwas über ihn zu erfahren. Aber Joker war ja im Internet! Wahrscheinlich hat er sich in das WLAN eines Nachbarn eingeklinkt. Das werde ich nicht schaffen, aber ich schalte trotzdem den Mac an. Ein Video-Fenster öffnet sich, ich sehe einen Mann in einem abgedunkelten Raum, er dreht mir den Rücken zu, lugt durch einen Spalt der heruntergezogenen Jalousie, ein Lichtstrahl fällt ins Zimmer und beleuchtet Farbkreise, Prismen und optische Geräte, die auf einem Tisch in der Ecke stehen. Der Mann dreht sich um, kommt größer ins Bild. Er ist irgendwie altmodisch angezogen, Jacke mit Rockschö-ßen, so nennt man das doch? Vatermörder, diese hohen Stehkragen, die sicher Atembeschwerden verursachten, Kniehosen, bestrumpfte Waden, Lackschuhe mit Absät-zen. Er sieht krank aus, mager, bleich, die Wangen eingefallen. Wie gehetzt geht er mit kurzen Schritten im Zimmer auf und ab, die Hände auf dem Rücken. Mitten im Raum hält er inne, dreht den Kopf zur Kamera (ja, es sieht aus wie eine live-Aufzeichnung mit Web-Cam) und sieht mich an: es ist der Professor! Er lächelt, als erkenne er mich, ich nicke ihm zu, will ihn fragen, wo er steckt, aber er kann mich natürlich nicht sehen. Er zeigt auf ein Bild, das an der Wand seines Zimmers hängt, die Kamera zoomt darauf, der Rahmen ver-schwindet, ich tauchen in den gemalten Raum, eine Ansicht von Athen, die Akropolis thront auf ihrem Fel-sen, darunter die Agora, belebt von Menschen.

Zwei Männer kommen ins Blickfeld, sie gehen langsam über den Platz, reden, gestikulieren, ein junger und ein alter Mann, Sokrates! Ich erkenne ihn, obwohl es wider-sprüchliche Bilder von ihm gibt, den hageren, asketi-schen Sokrates, den satyrhaft beleibten Genießer, keinen von beiden sehe ich auf meinem Mac die Agora über-queren, und doch ist er es, ein ganz normaler Athener des 4. Jahrhunderts vor Christus, sorgfältig gestutzter Bart wie die alten Männer ihn trugen, die grauen Haare ein Kranz um seine in der athenischen Sonne glänzende Glatze, schweißbeperlt von Hitze und Gespräch.

Wer ist der Andere, mit dem er sich jetzt ernsthaft strei-
tet? Sie bleiben mitten auf dem Platz stehen, er packt
ihn am Arm, vielleicht ist es Alkibiades, der schöne
Junge aus reichem Haus, der seine Heimatstadt Athen
verraten wird ... plötzlich wendet Sokrates sich ab von
seinem Gesprächspartner, schaut in die Kamera, sie
zoomt auf sein Gesicht, und jetzt erkenne ich, es ist der
Professor! Er lächelt, weist mit dem Arm nach oben in
den glasklaren, überirdisch blauen Himmel, die Kamera
folgt seinem Wink, wir fliegen ab ins Blau, heißer Wind
bläst uns entgegen, in der Höhe wird es kühler, dann
scharfe Kälte, Gipfelkälte, Schneegeruch.
Auf einem Felssporn steht ein Mann, hält den Kopf in
den Wind, die Hand auf einen krummen Holzstock
gestützt, die Nase über dem gewaltigen Schnauzbart
schnuppert Eisluft, plötzlich wirft er den Stock weg,
reißt die Arme hoch, dreht sich um sich selbst, seine
Beine machen sich selbständig, er tanzt wie ein Der-
wisch auf der winzigen Steinfläche über dem Abgrund,
die Kamera umkreist ihn, ich sehe sein Gesicht mit den
geschlossenen Augen, hingegeben an die Bewegung,
denke mir den idiotischen Bart weg, klar, ich wusste es
sowieso, es ist der Professor!

O.H. So 14.30 B3

Die Firma Kurz&Clean braucht zur Zeit keine Aushilfskräfte. Die freundliche Dame im Personalbüro vertröstet
mich auf den nächsten Monat. In der Kantine treffe ich
Frieda und trinke mit ihr einen geschmacksfreien Automatenkaffee. Der Raum ist trostlos, die Pflanzen zwischen den Tischen verdursten, es riecht nach abgestan-
denem Essen, widerlich, mir wird fast schlecht. Nichts
mehr von der unerklärlichen Verzauberung, die mich
beim letzten Mal erfasste. Ich sehe Frieda an, sie wirkt
auch nicht grade verzaubert, eher missmutig.
„Und, bist du dabei diese Woche?"
„Nein, sie brauchen niemanden."
„Ferienzeit, da gibt es genug Schüler und Studenten, die
nicht viel kosten. Zum Glück bin ich fest angestellt."
„Ihr macht doch auch das Rathaus?"
„Ja, das ist morgen dran." Mit angewidertem Ausdruck
kippt sie sich den Rest Kaffee rein.
„Könntest du was für mich tun?"
Ihre Augen werden lebhaft, sie stellt den leeren Becher
ab und fixiert mich. „Klar, jederzeit, was soll ich machen?"
Ich schreibe zwei Namen auf einen Zettel und schiebe
ihn zu ihr rüber. „Versuche, unbeobachtet ins Büro von
Herrn Minderberg im Baudezernat zu kommen. Schau
dich um, ob du irgend einen Hinweis findest, dass er mit
diesem Herrn", ich zeige auf den Namen von Nikis
Vater, „etwas zu tun hat." Frieda nimmt den Zettel und
steckt ihn ein, ohne einen Blick darauf zu werfen.
„Ich wusste gleich, dass du keine Putzfrau bist. Ich habe
dich beobachtet, du hast bei ImmoTrust ein Büro aus-
spioniert, beinahe hätte dich unser Teamleiter am Computer erwischt. Aber ich kann mit Computern nicht
umgehen, nicht mal einen anschalten."

„Das erwarten wir auch nicht von dir. Ohne Passwort kommst du sowieso nicht an seine Daten. Es ist nur ein Versuch, vielleicht ist er so unvorsichtig, irgendwas aufzuschreiben, er fühlt sich sicher und macht vielleicht einen Fehler. Wenn du nichts findest, ist auch nicht schlimm, dann lassen wir uns was anderes einfallen. Aber wir müssen diese Chance nutzen."

Frieda grinst. „Ich tu was ich kann. Wenn etwas zu finden ist, dann finde ich es. Weißt du, wie ich mich grade fühle? Wie der Taxifahrer, zu dem plötzlich ein Fahrgast sagt: folgen Sie diesem Wagen, schnell! So was passiert einem nur ein Mal im Leben. Verlass dich auf mich!"

Am folgenden Tag erwarte ich Frieda nach Feierabend in der Kantine. Sie sieht müde aus. „Und, hat es geklappt?"

„Ich glaube, ich bin für solche Jobs nicht geeignet. Doch, ich hab was gefunden, das euch vielleicht weiter hilft. Aber ich war so aufgeregt, habe die ganze Nacht nicht geschlafen." Sie gibt mir meinen Zettel zurück. Auf der Rückseite steht: „O.H. So 14.30 B3" Ich schaue etwas verständnislos auf diese Geheimbotschaft, aber Frieda klärt mich auf.

„'O.H.' Sind die Initialen eurer Zielperson. ‚So' ist Sonntag, klar, und 14.30 die Uhrzeit. Wahrscheinlich ein Treffen, aber mit ‚B3' kann ich nichts anfangen. Es müsste der Treffpunkt sein, keine Ahnung, was er damit meint."

Ich bin baff, klar, das ist die logische Erklärung, die allerdings nur etwas nützt, wenn wir den Treffpunkt identifizieren können. „Vielen Dank, an dir ist eine Detektivin verloren gegangen! Ich halte dich auf dem Laufenden!"

Unser konspiratives Treffen findet wie immer mittwochs statt, Zeit genug bis Sonntag. Dora, Niki, Joker und Joker sehen mich erwartungsvoll an, ich sitze am Platz des Professors und lasse sie eine Weile zappeln. Dann rücke ich mit Friedas Fund heraus.

„Na, das ist doch schon mal was," meint Joker anerkennend, „aber was könnte 'B3' bedeuten?" Ich räume meinen Platz und er gibt B3 bei Google ein. Mein seltsames Internet-Erlebnis fällt mir wieder ein, aber ich halte den Mund, vielleicht war es ja auch eher ein Champagner-Erlebnis.

„Sind wir blöd, klar, die B3 ist die Bundesstraße, die hier vorbei führt. Aber kann man sich auf einer Bundesstraße verabreden?"

„Nicht die B3, *das* B3", meldet sich Niki zu Wort. „Das B3 ist ein Lokal an der B3, ich war mal mit meinem Vater dort, so eine Art Raststätte mit Café und Imbissbude."

„Also, wir kennen den Ort und die Uhrzeit." Joker schaut mich an. „Wir brauchen ein Auto und jemanden, der fahren kann."

„Ich kann ein Auto leihen und fahren, aber Nikis Vater kennt mich, wir waren früher mal befreundet, mein Ex und ich und Nikis und Doras Eltern." Niki grinst, Dora guckt Löcher in meinen Linoleumboden.

„Also, du fährst, und ich gehe ins B3 rein und versuche, die Geldübergabe oder was auch immer zu dokumentieren. Oder hat jemand eine andere Idee?"

„Wann soll das sein?" meldet sich Dora wie aus dem Jenseits.

„Am Sonntag um halb drei", antwortet Joker geschäftsmäßig. Doras wie immer blasses Gesicht bekommt plötzlich rote Flecken, sie richtet sich auf und sieht Niki an. „Ist dir eigentlich klar, was hier passiert? Wir liefern Papa ans Messer! Dieser Typ hier", sie zeigt auf Joker, „spielt sich als Polizist auf, tut so, als müsste er ein Verbrechen aufklären, und der gesuchte Verbrecher ist unser Dad. Das hast du wohl noch nicht kapiert. Du bist ein kleiner Junge, der Krimi spielt, aber wenn wirklich was dran ist an der Sache und unser Vater da mit drin hängt, dann wird sich das auch auf uns auswirken, auf unser Leben, auf unsere Familie. Nichts wird mehr so sein wie vorher!"

Niki sieht sehr blass aus. „Aber was sollen wir machen? So tun als wäre nichts? Was da läuft ist eine Riesenschweinerei, und wenn Dad was damit zu tun hat, dann - dann muss er dafür grade stehen. Wie sollen wir ihm denn noch glauben, wenn er von uns erwartet, dass wir ein anständiges Leben führen, keinen Mist machen, und er? Und wenn alles nicht stimmt, wenn er nichts damit zu tun hat oder wir uns das alles nur einbilden, dann wird er auch nicht am Sonntag im B3 sitzen und diesen Typen vom Bauamt treffen. Also, wenn wir den Beweis für seine Unschuld haben wollen, müssen wir da hin fahren."

„Das sehe ich auch so", sagt Joker, „und außerdem, ich werde auf jeden Fall dort sein, mit oder ohne euch, denn das ist eine Sache, die nichts mit Familie oder Daddy oder sonst was zu tun hat, das ist ein Fall von Korruption, und wenn wir nichts unternehmen, dann decken wir eine Straftat."

Dora steht auf, bedenkt Joker mit einem vernichtenden Blick, geht raus und knallt die Tür hinter sich zu. Ich bin froh, dass Mignon nicht da ist, das hier wäre nichts für sie. Und ich frage mich grade, ob Niki wirklich klar ist, was er da ins Rollen bringt.

„Also, Sonntag um zwei bin ich hier. Du fährst, Niki wartet hier in der Wohnung und passt auf Joker auf." Joker spitzt die Ohren und sieht enttäuscht aus, weil er nicht dabei sein darf. Niki nickt, aber ihm ist nicht wohl bei der Sache, das merkt man deutlich.

„Ich bin dabei", sage ich überflüssigerweise, denn was anderes bleibt mir sowieso nicht übrig. Nein, das stimmt nicht, ich könnte nein sagen, dann müsste Joker die Sache auf eigene Rechnung durchziehen. Aber ich will dabei sein, unbedingt, das Abenteuer kann ich mir nicht entgehen lassen. Außerdem geht es um den Professor, um seine Hütte in der Laubenkolonie, um diese kleine Stadtrandbibliothek, Zuflucht des Geistes, unser geheimer Treffpunkt, wo ich zum ersten Mal die philosophische Droge gekostet habe, das möchte ich nicht verlieren. Ich brauche den Professor, einen Lehrer, einen wie Sokrates.

Joker steht pünktlich vor der Tür, wie fahren los, er lotst mich mit dem GPS auf seinem Smartphone. Wie lange bin ich nicht mehr Auto gefahren! Gestern habe ich, als wäre es das Selbstverständlichste der Welt, einen Golf bei InterRent geliehen und bin gleich mal eine Runde gefahren, nur so zum Spaß, aus der Stadt raus, die Straßen waren geräumt und trocken, ich fuhr auf die Autobahn und holte aus dem Ding raus was ging. Früher bin ich gerne Auto gefahren, wir hatten immer schnelle Wagen, nur zum Porsche hat es nicht gereicht, schade eigentlich. Ein Porsche, das war immer Karstens Traum gewesen. Jetzt wird er sich wohl ein Familienauto zulegen.

Während ich fahre und Joker neben mir sitzt und die ganze Zeit mit seinem Smartphone beschäftigt ist, mache ich mir Gedanken über diesen Jungen. Wie heißt er eigentlich wirklich? Warum sitzt er beim Kaufhof und lässt sich von Passanten Geld in seinen Pappbecher werfen? Ist das nicht entwürdigend für einen intelligenten Jungen wie ihn? Und kann er überhaupt davon leben? Hat er eine Bleibe oder lebt er „auf der Platte", wie man so sagt? Er kennt sich mit Computern aus, kann sicher noch einiges andere, warum führt er so ein Leben? Vielleicht will er es so, weil es die einzige Möglichkeit für ihn ist, sich frei zu fühlen, wer weiß.

„Du existierst nicht", sagt Joker und grinst mich von der Seite an.

„Was meinst du damit, ich existiere nicht!" Irgendwie macht es mich wütend, dass er das sagt. Klar, es gibt Leute, die mich früher gekannt haben, für die existiere ich nicht mehr, weil ich sozusagen abgestürzt bin, nicht mehr auf ihrem Level lebe. Aber das Urteil dieser Leute gilt für mich nicht, sie haben ihrerseits aufgehört, für mich zu existieren.

„Na ja, wenn ich dein Gesicht scanne und bei Google eingebe, erscheint nichts. Keine Daten. Du bist nicht bei Facebook, du schickst keine E-Mails, chattest und twitterst nicht, hast keine Homepage, also: es gibt dich nicht. Dafür fährst du aber ganz gut Auto. Vorsicht, von hinten kommt ein Fahrrad." Ich hasse die Fahrradspuren beim Abbiegen, habe nicht aufgepasst und lege eine Vollbremsung hin. Der Radfahrer auf der roten Spur zeigt mir den Stinkefinger.

„Ach so, wer nicht im Netz erscheint, der existiert nicht! So ein Schwachsinn!" Joker grinst vergnügt, er hat mich erwischt, ich bin echt sauer.

„Irgendwann in naher Zukunft werden wir alle mit einer Google-Brille rumlaufen, Direktanschluss an Wikipedia, und alles, was uns vor die integrierte Kamera kommt, wird umgehend mit einer Fußnote versehen, damit wir nicht auf so dumme Gedanken kommen, dass wir vielleicht selbst was wissen und beurteilen können." Da klingt Kritik mit, und ich drehe mich zum ihm um, was man beim Fahren unterlassen sollte.

„Soll ich Dir was sagen? Ich bin froh, dass ich nicht existiere!"

„Wie alt bist du?"

Ich höre wohl nicht richtig! So einem Schnösel werde ich doch nicht mein Alter verraten!

„Ich schätze mal Mitte fünfzig. Die Generation der kritischen Internet-User. Sie finden Wikipedia toll, besser als ihren Brockhaus, der im Regal verstaubt, bestellen sich T-Shirts bei Amazon, nutzen vielleicht Facebook oder sehen sich bei YouTube alte Krimi-Folgen mit Eric Ode als Kommissar an."

Genau, das habe ich auch schon gemacht. Und alte Stones-Videos.

„Ist das das B3?" Eine Tankstelle mit Coffee Shop und Imbissbude, nicht eben einladend.

„Das wird es wohl sein." Ich stelle den Wagen in eine Parkbucht etwas entfernt vom Eingang, man muss uns ja nicht gleich sehen. Wir sind zu früh, wahrscheinlich sind sie noch nicht da.

„Soll ich mal reingehen? Du kennst Nikis Vater ja nicht."

„Eigentlich kein Problem, wie gesagt", er wedelt mit seinem Handy, „aber du erkennst ihn schneller."

Außerdem muss ich aufs Klo. Auf dem Weg dorthin überschaue ich die besetzten Tische, mein ehemaliger Bekannter ist nicht da. Die Situation kommt mir skurril vor. Was mache ich hier eigentlich? Einem früheren Freund nachspionieren. Was ist bloß aus unserem Leben geworden, wo sind wir gelandet! Plötzlich bekomme ich Angst, alles erscheint unwirklich, bedrohlich. Ich bin froh, wieder bei Joker im Wagen zu sitzen.

„Noch keiner da."

Er schaut mich kritisch von der Seite an. „Ich hol uns Kaffee."

„Es gibt Hirnforscher," sagt Joker, während ich an meinem Pappbecher nippe, der Kaffee ist jedenfalls um Klassen besser als der in der Kantine von Kurz&Clean, „die behaupten, dass in vernetzten Systemen ab einem bestimmten Grad von Komplexität spontan Bewusstsein entsteht."

105

Ich ahne, worauf er hinaus will. "Du meinst das Internet?"

„Irgendwann richtet jemand einen Link ein, und - paff! - es passiert. Das Netz fängt an zu denken. Das wird eine Zeitlang niemand merken, erst wenn massenhaft wilde Daten auftauchen, die niemand ins Netz gestellt hat, wird man aufmerksam werden. Aber dann ist es zu spät, dann haben wir längst die Kontrolle verloren."

Ich frage mich ernsthaft, ob der Junge wirklich glaubt, was er sagt. Dann denke ich an den tanzenden Philosophen auf dem Berggipfel. Wer weiß, vielleicht ist es ja schon so weit! Wahrscheinlicher kommt mir allerdings vor, dass Joker mit dem Professor das Video aufgenommen und extra für mich ins Netz gestellt hat.

Ein schwarzer Mercedes fährt an uns vorbei und schwenkt in eine Parklücke ein. Am Steuer sitzt Nikis Vater Olli. Ich habe ihn lange nicht gesehen und finde, dass er alt und müde aussieht.

„Kandidat eins ist soeben eingetroffen."

„O.k., es ist soweit." Joker aktiviert die Kamerafunktion seines Handys. Täusche ich mich, oder wirkt er jetzt ein bisschen nervös?

„Drück mir die Daumen. Hoffentlich erwische ich etwas Verwertbares." Nachdem er im B3 verschwunden ist, fährt die zweite schwarze Limousine vor, Herr Dr. Minderberg vom städtischen Bauamt. Also stimmt es wirklich, bis jetzt hatte ich im Stillen gehofft, dass wir mit unserem Detektivspiel einem Hirngespinst nachjagen. Es dauert lang, ich hätte gern noch einen Kaffee getrunken, traue mich aber nicht reinzugehen. Dann erscheint Joker wieder und rennt über den Parkplatz.

„Schnell, fahr los, sie kommen. Ich habe alles was wir brauchen."

Ausgerechnet in dem Moment, als ich am Eingang vorbeifahre, kommt Oliver aus der Tür und mustert misstrauisch den Wagen, aber er kann mich zum Glück nicht sehen. Zuhause lädt Joker das Video auf meinen Computer. Herr Minderberg betritt das Restaurant, Olli und er begrüßen sich wie alte Bekannte. Man bestellt Kaffee, redet ein bisschen, dann die entscheidende Szene: ein Briefumschlag wechselt den Besitzer. Er wird nicht geöffnet, aber es scheint deutlich mehr als ein Hunni drin zu stecken.

„Das wird reichen, zusammen mit den Unterlagen über das geplante Bauprojekt. Spätestens in ein paar Tagen steht es in der Zeitung. Die alten Medien sind immer noch am zuverlässigsten, wenn es um einen kleinen Skandal auf lokaler Ebene geht. Ein paar diskrete Infos an die richtige Adresse, und die Bombe tickt. Danke für deine Mithilfe."

Bis zu unserem nächsten konspirativen Treffen am Mittwoch passiert nichts. Dora kommt nicht, auch Mignon lässt sich nicht blicken. Joker spielt das Video noch mal ab, Niki sieht, wie sein Vater den prall gefüllten Umschlag über den Tisch schiebt. Er sagt nichts, sieht blass aus, versucht, cool zu wirken. Ich habe das Gefühl, er kann nicht glauben, was er da sieht. Dann verabschiedet er sich schnell. Joker ist mir unheimlich, ehrlich gesagt. Ist er Spion oder Privatdetektiv oder so was Ähnliches? Wikileaks im Kleinformat? Seinen Hund mag ich lieber, er springt an mir hoch zum Abschied und leckt mir übers Gesicht.

„Tschüs Joker, schöne Weihnachten".

Dann bin ich allein. Es war unser letztes Treffen vor den Weihnachtstagen. Der Schnee ist weg, es hat geregnet, an den Straßenrändern liegen schmutziggraue Reste, die Friedhofswege sind matschig, mit meinen nicht wintertauglichen Schuhen hole mir mal wieder nasse Füße. Wenn man keine lebendigen Ansprechpartner hat, dann besucht man die Toten, aber ich finde weder das Grab meiner Nachbarin noch das der Familie des Professors. Einen Moment bilde ich mir ein, ihn auf der Bank sitzen zu sehen, aber da ist niemand, klar, bei so einem Schmuddelwetter. Früher mochte ich den Winter, freute mich auf Weihnachten, kein Problem, wenn die Tage kürzer wurden schalteten wir schon am Nachmittag die Lichterkette draußen im Garten an. Jetzt habe ich das Gefühl zu ersticken, wenn um vier Uhr die Straßenlaternen angehen. Niemand ist da, Mignon ist mit ihrer Mutter weggefahren, sie bat mich, die Zimmerpflanzen zu gießen, aber das hilft nicht gegen Einsamkeit. Ich habe keine Putz-Termine, Dora und Niki sind mit ihren Eltern nach Südafrika geflogen. Mein Raumschiff hat die Funkverbindung zur Erde verloren, Major Tom ist auf dem Weg ins Nirwana. Nur Manni hält die Stellung, ist mir treu und blüht geradezu auf, seine Falten glätten sich, er hat Farbe bekommen und versucht nach Kräften, mich aufzuheitern. Er genießt es, dass ich mich ihm wieder zuwende und endlich merke, was ich an ihm habe, jetzt, wo alle anderen mich im Stich lassen. Abends kuschle ich mich an ihn, nuckle an einem Glas Wein und lege mich früh schlafen. Ab und zu mache ich mich auf zur Telefonzelle, eines meiner abgelegten Bücher unterm Arm, stöbere in den Regalen, und manchmal finde ich etwas, zum Beispiel „Die Geheime Geschichte" von Donna Tartt, es hat irgendwie mit Philosophie und den alten Griechen zu tun und hört sich spannend an. Erst im neuen Jahr tauche ich wieder aus dem Buch auf.

Existenz

Am ersten Mittwoch im Januar klingelt es an meiner Tür. Ich bin kein Klingeln mehr gewohnt, zögere einen Moment, drücke dann doch auf den Summer.

„Darf ich reinkommen?" Der Professor! Mit allem habe ich gerechnet, aber nicht mit seinem Besuch. „Es ist Mittwoch, unser Jour fix, ich hoffe, ich störe nicht."

„Schön, Sie wiederzusehen, kommen Sie rein!" Er sieht gut aus, erholt, braungebrannt, als hätte er die ganze Zeit an irgendeinem Strand gelegen, setzt sich auf seinen Stammplatz an meinem Schreibtisch und schlägt die Beine übereinander.

„Wie haben Sie die dunkle Zeit verbracht?"

„Na ja, mehr schlecht als recht", antworte ich wahrheitsgemäß. Er zieht eine Flasche mit einer klaren Flüssigkeit aus seinem Mantel und stellt sie auf den Tisch.

„Für Nietzsche war der Januar ein heiliger Monat, das wiederkehrende Licht lässt die Dinge klarer erscheinen, die Tage sind zwar noch nicht wahrnehmbar länger, aber das Licht hat sich verändert, das zunehmende Licht hat einen anderen Winkel, eine andere Farbe, Nuancen, die wir nicht bewusst wahrnehmen, aber unser Gehirn reagiert darauf. Der heilige Januarius zeigt uns die Welt im reinen Licht der Frühe. Hätten Sie die Freundlichkeit, uns zwei Gläser und ein wenig Leitungswasser zu holen?"

Während ich in der Küche bin, höre ich, wie der Professor die Balkontür öffnet. Ich stelle Gläser und Wasserkaraffe auf den Tisch. Er spricht mit Mignon, sie sitzt auf ihrem Lieblingsast im Ahorn und schaut zu uns herüber. Dann klettert sie blitzschnell wie ein Eichhörnchen den Baum hinunter und verschwindet.

„Das Mädchen ist mir schon auf der Schwelle begegnet. Wie heißt sie?"

109

„Das ist Mignon, die Tochter meiner Nachbarin. Ich wusste nicht, dass sie schon wieder zurück sind."

„Die Tochter der Nachbarin, verstehe. Mignon ist ein nicht sehr gebräuchlicher Name. Darf ich Sie um einen Korkenzieher bitten?" Er entkorkt die Flasche und gießt ein wenig von der klaren Flüssigkeit in unsere Gläser. „Der beste Ouzo, den es gibt, man kann ihn nicht kaufen, wie alles wirklich Kostbare ist er ein Geschenk. Trinken Sie vorsichtig, er ist so stark wie er klar ist!"

Ich nippe an meinem Glas und es verschlägt mir den Atem, Feuer in meiner Speiseröhre, Anisgeschmack im Mund und eine Wärmewelle, die mir ins Hirn steigt. Der Professor betrachtet mich amüsiert.

„Ich sagte, er ist stark. Das Klare ist für uns schwer zu ertragen, besser bekommt uns das Trübe." Er gießt Wasser in die Gläser und die beiden klaren Flüssigkeiten verbinden sich zu einem milchig trüben Gemisch, das sanft nach Anis schmeckt und nicht in der Kehle brennt.

„Durchsichtige Körper stehen nach Platon auf der höchsten Stufe unorganischer Materialität. Das sichtbare Licht ist die Erscheinung des geistigen Lichtes, an welchem der menschliche Geist teilhat. Insofern bedeutet Lichtdurchlässigkeit Affinität zum Geistigen. Diese bleibt den durchscheinenden Stoffen auch in den verschiedenen Graden ihrer Eintrübung erhalten. Das durchsichtige Medium des Geistigen verfestigt und materialisiert sich, ohne seine geistige Potenz zu verlieren, in den unendlichen Abstufungen des Trüben." Er versinkt für kurze Zeit in Gedanken, dann kehrt er in die Gegenwart zurück und dreht sein Glas in der Hand.

„Übrigens gibt es drei Arten von Philosophen. Die Systematiker verbringen ihr Leben damit, ein möglichst vollständiges Modell der Welt aus den Gesetzen von Sprache und Logik zu konstruieren und setzen voraus, dass die Welt ihrem Modell entspricht. Die Mystiker verbringen es mit dem Versuch, ihre Vision der Welt in Worte zu fassen und verzweifeln daran, dass sie in ihrer Sprache nur ein unzureichendes Modell der Welt zustande bringen. Die Praktiker vertrauen nicht auf die Sprache, sie verkörpern ihre Philosophie in ihrem Leben. Sokrates war so ein Philosoph, er wirkt bis heute vor allem durch seine Person und durch die Konsequenz, mit der er bis zuletzt seinen Ideen treu blieb. Platon hat ihn in das Medium der Buchstaben gebannt, was ihm sicher gar nicht gefallen hätte. Wahre Erkenntnis, meinte er, entsteht nur im lebenslangen vertrauten Umgang mit Dingen und Menschen, sie ist nicht medial vermittelbar. Das ist heute ziemlich in Vergessenheit geraten. Wann kommen unsere jungen Freunde aus den Ferien zurück?"

„Nächste Woche sind wir wieder vollständig. Mignon ist auch dabei, und die beiden Joker." Ich erzähle nichts von unseren Abenteuern in geheimem Auftrag, ich fürchte, er würde sie nicht gutheißen. Außerdem soll er sich keine Sorgen um seine Bleibe in der Laubenkolonie machen.

Am folgenden Mittwoch sind wieder alle da, nur Joker lässt sich nicht blicken. Dora kuschelt sich an Manni, Niki und Mignon sitzen auf dem Klappbett, ich bereite Tee, habe noch Orangen-Zimt-Tee im Angebot, aber alle entscheiden sich für Earl-Grey mit Kandiszucker. Der Duft von Bergamotte-Öl breitet sich aus, das Klingeln der Löffel in den Tassen ist eine Weile das einzige Geräusch.

„Existiert eigentlich Harry Potter?" fragt Niki versonnen und nimmt einen Schluck aus seiner Tasse.

„Was meinst du mit 'existiert'?" fragt seine Schwester zurück, „du glaubst doch nicht etwa, dass er irgendwo rumläuft und wir ihm begegnen könnten?"

„Na ja, für mich existiert er jedenfalls, er ist sogar realer als viele Leute, die ich kenne."

„Und welche Art von Realität würdest du ihm zuweisen?" fragt der Professor.

„Er ist in meinem Kopf, nicht in der wirklichen Welt, aber nicht nur in meinem, er ist in den Köpfen vieler Leser, ich kann mit denen über ihn reden, als wäre er, sagen wir mal, ein gemeinsamer Bekannter, oder ein Filmstar."

„Aber alle setzen voraus, dass er nicht wirklich ein gemeinsamer Bekannter von euch ist, mit dem ihr ab und zu mal eine Cola trinkt." Niki schaut den Professor an als wolle er sagen „wir sind doch nicht verrückt!"

„Halten wir also fest: es gibt unterschiedliche Arten von Existenz."

„Das ist doch alles Quatsch", ereifert sich Dora. „Wir hier sind wirklich da, fünf Leute in einem Zimmer, wir unterhalten uns, unsere Körper sind im Raum verteilt, während wir reden verdauen wir unser Frühstück, denken vielleicht nebenbei an was anderes, wovon keiner sonst weiß, aber kann Harry Potter an was anderes denken, während du liest, dass er grade dieses blöde Spiel spielt, bei dem sie durch die Luft fliegen? Kann er jemand sein, den du nicht bis ins Letzte kennst, wie zum Beispiel ich oder der Professor, von denen du nicht weißt, was sie grade denken?"

„Ich glaube, was uns von Harry Potter unterscheidet ist die Physik", sage ich und bereue sofort meinen unqualifizierten Diskussionsbeitrag.

„Das ist wahr, die einzige Form physischer Existenz, die literarische Figuren besitzen, sind Buchstaben."
Dora, du bist ein Schatz, hast mich gerade gerettet!

„Buchstaben?" protestiert Niki, „was hat Harry Potter mit Buchstaben zu tun? Die sehe ich ja nicht mal beim Lesen!"

„Das ist das Geheimnis des Mediums, es bringt sich

selbst zum Verschwinden."

„Ich kapiere überhaupt nichts mehr! Physik, Buchstaben, Medium - worüber reden wir hier eigentlich?"

„Über Existenz."

„Also, ich existiere jedenfalls." Dora räkelt sich in Manni, der unterschiedliche Grade der Verzückung durchlebt. „Oder hat jemand Zweifel?"

„Na ja, du siehst aus wie meine Schwester und redest den gleiche Stuss, aber wer sagt mir, dass du nicht in Wirklichkeit eine Doppelgängerin bist, die wir für Dora halten? Vielleicht bist du eine Luftspiegelung, ein Alien, ein menschenähnlicher Roboter?"

„Ob Dora oder nicht, *mich* gibt es, die ihr hier seht, wer auch immer ich bin. Auch ein Roboter gehört zur physischen Welt. Es geht doch um Realität, oder?"

Sieg nach Punkten, sie hat sich von ihrem Bruder nicht einwickeln lassen! Ich sehe sie an, wie sie da in ihrer unbezweifelbaren physischen Existenz vor mir sitzt, und mir fällt auf, sie hat sich verändert, ich kann nicht sagen, was genau anders an ihr ist, der ganze Eindruck ihrer Person hat sich verwandelt, sie wirkt konzentriert, ist nicht mehr so abwesend wie früher.

„Wenn vielleicht nichts sicher ist, aber dass ich existiere, das weiß ich, auch wenn ich meinem hyperintelligenten Bruder nicht beweisen kann, dass nicht an meiner Stelle ein perfekter Roboter hier sitzt. Viel schwieriger zu beantworten ist die Frage: *warum* existiere ich eigentlich?"

„Muss ich dich aufklären? Sollten unsere Eltern was versäumt haben? Aber du meinst wahrscheinlich: *wozu* existiere ich? Na ja, zum Beispiel um deinen Eltern die Rente zu finanzieren. Wenn du dich für ein Medizinstudium entscheidest, dann hat deine Existenz außerdem den Zweck, uns zu helfen, wenn wir krank werden. Oder vielleicht Jura? Dann kannst du mich verteidigen, wenn ich was ausgefressen habe..."

„Halt endlich den Mund, oder ich muss am Ende noch Zahnmedizin studieren!"

„Kant sagt, jeder Mensch ist ein Zweck an sich, niemand darf für irgendwelche Zwecke instrumentalisiert werden." An diesen Satz erinnere ich mich noch ganz genau!

„Ich möchte ein Spiegel sein" sagt Dora unvermittelt.

„Klar, weil du zwanzigmal am Tag hineinschaust!" Sie ignoriert ihren Bruder.

„Ein Spiegel existiert nur dann, wenn er etwas reflektiert. In einem leeren Raum wäre er leer, weil nichts sich in ihm abbildet. Ich spiegle die Welt, dadurch existiere ich, und ich tue es auf meine Weise, nicht wie totes Glas. Die Welt erscheint in mir anders als in jedem Anderen. Ich erschaffe sie neu, indem ich sie in mir spiegle."

Doras Zimmer weist Anflüge von Ordnung auf, die schmutzigen Klamotten liegen auf einem Haufen statt überall verteilt, der Schreibtisch ist übersichtlich, das Bett nicht mehr zerwühlt. Und keine Stilettos mehr! Dafür ist es bei Niki nicht mehr ganz so aufgeräumt, ein Paar Turnschuhe liegen getrennt in verschiedenen Ecken, Bücher auf dem Boden, eine halb gegessene Schokoladentafel zwischen Schulheften, Krümel in der Computertastatur. Der Igel wirft einen etwas panischen Blick in das ungewohnte Chaos um ihn herum.

„Heute steht was in der Zeitung, Korruptionsfall im Bauamt, mein Vater wurde ganz blass, als er es entdeckte. Die Zeitung liegt auf dem Küchentisch, außerdem ein Brief für dich, schätze, nichts Erfreuliches. Wir sehen uns nächste Woche, Niki."

Drei Mal blättere ich die Zeitung von vorne bis hinten durch, bis ich die kurze Randnotiz finde: „Korruptionsfall im Rathaus? Unserem Mitarbeiter wurden Informationen zugespielt, die auf Unregelmäßigkeiten bei der

Vergabe von Baugenehmigungen hinweisen. Angeblich sollen städtische Grundstücke mit langjährigen Pachtverträgen einem Immobilienunternehmen zum Kauf angeboten worden sein. Gegen einen der Redaktion namentlich bekannten Mitarbeiter des Bauamtes wird der Vorwurf der Bestechlichkeit erhoben. Wir gehen der Sache weiter nach und werden berichten, sobald sich neue Hinweise ergeben."

Dann öffne ich den Umschlag. Termin beim Amtsgericht, sie haben ihn an meine alte Adresse geschickt, zu Karsten, ich habe mich noch nicht umgemeldet, muss ich wohl irgendwann machen. Jetzt ist es also amtlich, wir werden geschieden. Das holt mich irgendwie schmerzhaft in die Realität zurück. Habe ich immer noch gedacht, es wäre nur ein Traum, ein Irrtum, der sich richtigstellen wird? Karsten würde irgendwann anrufen, es war nicht so gemeint, ich hab Mist gebaut, bitte komm zurück, unser Leben war doch gar nicht so schlecht? Aber eine Schwangerschaft ist etwas Endgültiges, ein Kind ist nicht wegzudiskutieren, er hat sich entschieden, vielleicht nicht ganz freiwillig, aber jedenfalls ohne Rücktrittsversicherung. Heute mache ich nur das Nötigste, nur für die Optik, nehme mein Geld und verschwinde.

Ich gehe zum Frisör, wirklich, so sehr beeindruckt mich der bevorstehende Scheidungstermin. Zum ersten Mal seit langer Zeit sehe ich mich im Spiegel. Die Lichtverhältnisse im Frisörladen sind nicht grade schmeichelhaft, auch der Handtuchturban über meinem Gesicht macht mich nicht wirklich attraktiver, aber dann mit kurzen, frisch geföhnten Haaren finde ich, dass ich gar nicht so schlecht aussehe für mein Alter. Ich habe abgenommen, steht mir gut, der Frisör macht mir zum Abschied Komplimente, tut mir gut.

Ich bin nervös, schlafe schlecht, am Morgen kann ich mich nicht entscheiden, was ich anziehen soll, zuletzt bleibe ich bei Jeans und Lederjacke, weil ich mich darin am wohlsten fühle. Es geht dann alles sehr schnell, ein korrekter Beamter sitzt einem einvernehmlich zur Trennung entschlossenen Paar gegenüber, bei so viel Übereinstimmung fragt man sich, warum eine Trennung notwendig ist, aber egal, es ist so, nicht mehr zu ändern. Ich behalte meinen Namen, will nicht mehr so heißen wie vor unserer Heirat, das käme mir vor, als sollten die gemeinsamen Jahre annulliert werden. Danach lädt Karsten mich zum Essen ein. Er sieht grau und müde aus, ich mag ihn nicht fragen, wie es ihm geht.

„Du siehst gut aus", sagt er, als das Essen kommt, „anscheinend geht es dir auch gut."

Höre ich da so was wie Neid heraus? „Könnte schlechter sein." Ich habe Hunger und mache mich über die Meeresfrüchte-Pasta her.

„Sandra ist im Krankenhaus, sie muss liegen, sonst wird unser Kind ein Frühchen. Wenn es jetzt geboren würde, bestünde ein hohes Risiko, dass es behindert ist." Er stochert in seinem Rukolasalat. „Alles nicht so einfach."

Du wolltest es so, liegt mir auf der Zunge, aber ich halte den Mund, natürlich wollte er es nicht so, sondern die problemlose Variante.

„Tut mir leid, ich hoffe für euch, dass alles gut geht." Ich klinge wohl nicht ganz überzeugend, er erwidert nichts. Wir hatten uns irgendwann nach vergeblichen Bemühungen damit abgefunden, kein Kind zu bekommen, und unsere Freiheit zu schätzen begonnen. Dass Karsten irgendwann anders darüber dachte, war mir schlicht entgangen. Allerdings habe ich jetzt das Gefühl, er ist von seiner neuen Rolle als Vater auch nicht überzeugt. Sollte er da unfreiwillig reingeraten sein? Hat er in Wahrheit Sandra über sein, über unser Leben entscheiden lassen? Sie wollte ihn und sie wollte ein Kind, ich sehe ihm an, dass er nicht mehr sicher ist, ob er es auch will.

Besuch

Am ersten Tag der Osterferien steht Dora vor meiner Tür, als ich vom Supermarkt nach Hause komme. Ich erkenne sie zuerst nicht, halte sie für einen Jungen, der sich in der Tür geirrt hat, ihre Haare sind kurz, wirklich richtig heftig kurz, ich sehe sie ungläubig an, sie sieht unwahrscheinlich toll aus mit dieser Frisur, völlig neu und anders. Anscheinend mache ich ein ziemlich blödes Gesicht, denn sie fängt an zu lachen, und damit ist die unausweichliche Frage erst mal entschärft, was sie hier will und was ihre Veränderung zu bedeuten hat. Offiziell sind unsere philosophischen Treffen über die Ferien abgesagt, weil ihre Eltern sie in einem Lern-Camp in England angemeldet haben, Englisch und BWL, während Niki mit seiner Mutter nach New York fliegen muss. „Muss" ist das korrekte Wort, denn er hat keine Lust auf diese Reise, will sich lieber mit seinen Büchern in seinem Zimmer vergraben, aber die Eltern haben entschieden, dass er kein Bücher-Nerd werden darf sondern etwas von der Welt sehen soll. Olli bleibt wegen dringender Termine zuhause. Und jetzt steht eine neue Dora vor mir und wird gleich fragen, ob sie ein paar Tage bleiben kann, das ist mir in dem Moment klar, als ich die Reisetasche und den Schlafsack neben meiner Tür entdecke.

„Kann ich ein paar Tage bei dir wohnen? Ich hab mir von meinem Reisegeld einen Schlafsack gekauft, für eine Woche Hotel hätte es nicht gereicht."

Ein paar Tage, eine Woche? Nein, du kannst nicht bei mir wohnen, will ich sofort antworten, du weißt, wie eng es bei mir ist, und wer geht morgens zuerst aufs Klo? Ich stehe spät auf, Frühstück ist für mich lebenswichtig, aber ich hab noch nicht mal zwei Stühle, um mit dir zusammen am Esstisch zu sitzen, und im Übrigen schnarche ich, das hat jedenfalls Karsten behauptet...

„Klar kannst du ein paar Tage hier bleiben. Komm rein und erzähl' mir erst mal, worum es geht."

Sie lässt Tasche und Schlafsack neben Manni fallen. Ich bin noch dabei, mich an ihren Haarschnitt zu gewöhnen. Sie sieht meinen Blick, der zwischen Bewunderung und Bestürzung changiert. „Ein guter Kopf braucht keine Haare", meint sie lachend. „Na ja, ich hatte einen Grund, zum Frisör zu gehen. Falls ich meinem Vater oder irgendwelchen Bekannten meiner Eltern über den Weg laufen sollte, werden sie mich hundertprozentig nicht erkennen." Noch immer weiß ich nicht, worum es eigentlich geht. Sie kramt in ihrer Reisetasche.

„Das ist mein Programm für die nächste Woche." Ein ansehnliches Konvolut von Ausdrucken aus dem Internet, ich blättere es durch, ohne was zu verstehen.

„In zwei Wochen fangen die Abiturprüfungen an, und ich habe noch immer nicht die geringste Ahnung, was ich mit meinem Leben anfangen soll. Für meine Eltern ist alles klar, mein Leben bis zur Rente durchgeplant, sie glauben, sie könnten alles bestimmen. BWL studieren, in eine Unternehmensberatung einsteigen, oder in die Immobilienbranche wie Papa. Versteh mich bitte, ich mag meine Eltern, wirklich, sie sind in Ordnung, nur leider total im falschen Film, ein Film aus den Achtzigern mit Michael Douglas in der Hauptrolle, definitiv nichts für mich. Das Problem ist: wie kann ich gute Argumente gegen sie vorbringen, wenn ich selbst nicht weiß, was ich will? Deshalb habe ich mich ausgeklinkt. Sie hatten wohl so eine Ahnung, haben mich zum Zug gebracht und gewartet, bis er losfuhr, Direktverbindung durch den Ärmelkanaltunnel nach London, dort sollte mich eine Bekannte von ihnen abholen, die mich zum Glück noch nie gesehen hat. Ich bin im nächsten Bahnhof raus und habe meiner Freundin meinen Platz und

mein Handy überlassen. Wir haben das generalstabmä-
ßig geplant. Sie fährt an meiner Stelle nach England,
macht diesen Kurs mit, auf den sie ganz scharf ist, nur
können ihre Eltern es sich nicht leisten. Und ich habe
ein paar Tage Freiheit, die richtige Entscheidung für
mein Leben zu treffen. Vorausgesetzt, du hilfst mir."
Allmählich verstehe ich, und es haut mich ein bisschen
um, das muss ich schon sagen. Sie vertraut darauf, dass
ich auf ihrer Seite bin, gegen ihre Eltern, sie bei einer,
na ja, ziemlich grenzwertigen Aktion unterstütze und sie
nicht verrate. So viel Vertrauen ehrt mich, bringt mich
aber unter Umständen in Schwierigkeiten, immerhin ist
sie noch minderjährig.
„Mach dir keine Sorgen," sagt Dora, „übermorgen werde ich achtzehn."

„Auf keinen Fall will ich mein Leben in einem Büro
verbringen!" Wir sitzen zusammen am Tisch, Manni
wurde mit Hilfe der Schlafsackrolle auf Stuhlhöhe gebracht, und essen, was ich im Supermarkt besorgt habe,
Fischkonserven, Salat, Brot, dazu trinken wir eine Flasche Weißwein. Auf die zwei Tage bis sie volljährig ist
kommt es nun auch nicht an.
„Ich habe Termine gemacht", Dora blättert in ihren
Unterlagen und kaut dabei Brathering mit Schwarzbrot,
„morgen Vormittag im Zoo, bei den Tierpflegern,
nachmittags im Antiquariat." Ich schaue wohl etwas
irritiert, also erklärt sie mir die ungewöhnliche Kombi-
nation. „Natur interessiert mich und Archive, alles, wo
man das Wissen der Welt finden kann. Übermorgen bin
ich im Gartencenter, wenn ich es zeitlich schaffe gehe
ich danach ins Museum, eine Freundin von mir macht in
den Ferien Führungen, und durch Zufall habe ich vor
ein paar Wochen jemanden kennen gelernt, der im Planetarium arbeitet, das fand ich auch ganz spannend. Du

siehst, ich habe jede Menge Optionen auf ein interessantes Berufsleben."

In den folgenden Tagen sehe ich sie nicht oft. Morgens geht sie diskret vor mir ins Bad, wenn ich sie höre, stehe ich auf, koche Kaffee und richte für sie ein Brötchen mit Marmelade, mehr will sie nicht. Dann ist sie weg bis Abends. Irgendwie ist es, als hätte ich eine erwachsene Tochter, und ich verhalte und fühle mich schon wie alle Mütter, soweit ich das beurteilen kann, vermisse sie, warte auf einen Anruf, obwohl ich kein Telefon habe, mache mir Sorgen und ärgere mich, wenn sie abends nicht zur verabredeten Uhrzeit da ist und die Schnitzel, ich für uns gebraten habe, samt Pommes im Backofen verbrutzeln. Wenn sie dann endlich klingelt, ihre Tasche in die Ecke schmeißt, sich hungrig an den Tisch setzt und mein zweitklassiges Essen genießt, als wäre es etwas Besonderes, dann bin ich so glücklich wie jede Mutter es wohl ist.

„ Und, wie war's heute?"

„Geht so", mault sie zwischen zwei Bissen, „ist nicht das Richtige, glaube ich."

Geduldig warte ich auf detailliertere Infos, die dann im Lauf des Abends nach und nach eintrudeln. Ihre Erfahrungen mit den verschiedenen Arbeitswelten scheinen die Entscheidung eher komplizierter zu machen. Es bleibt immer ein Für und Wider, manches gefällt ihr, anderes schreckt sie ab. Ich kann ihr nicht helfen, höre mir ihre Berichte an, frage nach, gebe Kommentare, die mir im Nachhinein wenig hilfreich erscheinen, und warte ab. Wenn nichts sie davon überzeugen kann, dass es sich lohnt, ein Leben damit zu verbringen, dann bleibt immer noch die BWL-Option, die ihr dann vielleicht erträglicher erscheinen wird, also hat diese Orientierungs-Aktion auf jeden Fall ihr Gutes.

Wenn Dora unterwegs ist, gehe ich manchmal zum Professor, das heißt in seine Laube. Er hat mir angeboten, seine Bibliothek zu nutzen, auch wenn er nicht da ist. „Mein bescheidenes Haus steht Ihnen immer offen, die Tür ist nicht verschlossen. Nehmen Sie Bücher mit, so viel Sie wollen."

Die Tür ist offen, aber ich fühle mich trotzdem wie ein Einbrecher. Also räume ich erst mal auf. Als ordentlich kann man der Professor beim besten Willen nicht bezeichnen. Nach dieser gewissensberuhigenden Aktion wende ich mich den Buchrücken im Regal zu und versuche, ein System zu finden, nach dem ich vorgehen kann, um mir eine solide mitteleuropäische Bildung anzueignen. Ich trage in meinen Kolleg-Block, den ich mir extra dafür gekauft habe, die Titel der obersten Reihe ein. Die Frage ist, ob der Professor die Bücher willkürlich ins Regal gestellt hat oder ob ich sein Ordnungssystem herausfinden kann, aber dazu müsste ich viel mehr wissen, als ich tatsächlich weiß. Zu den Titeln schreibe ich stichwortartig die Inhaltsangabe ab, was mich Stunden kostet, weil ich die umfangreichen Vorworte auf ein paar zentrale Aussagen kürze, also verstehen muss, was drinsteht. Gegen Mittag gebe ich auf, bin hungrig und erschöpft und kapiere gar nichts mehr. Zu essen gibt es auch nichts, kein Kühlschrank, ich nehme mir vor, einzukaufen, bevor ich das nächste Mal herkomme, noch ist es nicht zu warm, um die Sachen draußen zu lassen. Dann nehme ich aufs Geratewohl ein Buch aus dem Regal und gehe nach Hause.

Vielmehr, ich mache einen Abstecher in die Stadt, irgendwie ist mir danach, unter Menschen zu sein. Am Kaufhof sitzt eine fremde Frau am Platz des Professors, ich lege ihr einen Euro in den Becher, sie bedankt sich überschwänglich und wünscht mir einen schönen Tag. Hoffentlich wird sein Stammplatz jetzt nicht von der Bettlermafia beansprucht! Im Starbucks-Café um die Ecke sitzen Schüler und Studenten draußen, manche haben sich Fleece-Decken umgelegt. Ihre Zukunft liegt noch vor ihnen, denke ich, aber vielleicht sollte man sie darum nicht beneiden. Dann entdecke ich Dora. Sie sitzt mit einem Jungen am Tisch. Ich gehe an ihnen vorbei, drehe mich um, weil ich Doras Freund von vorne sehen will, und traue meinen Augen nicht: es ist Joker

„Heute komme ich spät nach Hause."

Dora verzehrt mit gutem Appetit ihr Geburtstags-Frühstück mit Ei und Croissants. Ich habe ihr ein Buch geschenkt, erst wusste ich überhaupt nicht, ob ich ihr was schenken soll und was, aber dann kam ich zufällig an diesem siebziger-Jahre-Klassiker vorbei, der mich damals tief beeindruckt hat, „Der Fänger im Roggen" von I. D. Salinger. Keine Ahnung, ob sie das Buch kennt, vielleicht schon gelesen hat, aber egal, es ist etwas von mir, gehört zu meinem ganz persönlichen literarischen Archiv. Sie packt es aus, zieht die Augenbrauen hoch und nickt, „ja, den Titel kenn' ich, aber gelesen hab' ich es nicht. Danke!" Sie beugt sich über den Tisch, Küsschen rechts und links, und ich frage mich, mit wem sie den Abend verbringen wird, sehe sie mit Joker in eine Disko gehen und danach, na ja, soviel ich weiß hat er kein Zuhause, aber was weiß ich eigentlich von ihm, außer dass er ab und zu beim Kaufhof sitzt und sich von den Vorbeigehenden Münzen in einen Pappbecher legen lässt? Und dass er den Professor besser kennt, als mir lieb ist?

„O.k., dann bis morgen. Frühstück wie immer?" Klar, Frühstück wie immer, also eine solide Wiedersehens-Perspektive für mich. So abhängig kann man werden in drei Tagen.

Als Dora weg ist, macht sich Leere in meiner Klause breit. Ich reiße die Tür auf, gehe auf den Balkon, das Ahorn steht in voller Blüte, frühlingsgrün, Apfelgrün, Heuschreckengrün. Mitten im Grün sitzt Mignon, ein bunter Vogel, sie winkt mir zu und klettert wie immer in halsbrecherischer Geschwindigkeit den Stamm hinunter. Ich vermisse unsere Mittwochsgespräche, vermisse vor allem den Professor. Wenn unsere Treffen ferienhalber nicht stattfinden, verschwindet er von der Erdoberfläche, als würde er sich jedes Mal extra für uns materialisieren, als Wiedergänger von Sokrates, der Gedanken aus uns herauszieht, auf die wir wahrscheinlich ohne seine Anwesenheit nie gekommen wären. Er lässt sie in unsere Hirnen sprießen, und jetzt, ohne ihn, fühle ich mich wie ein Fisch auf dem Trockenen.

Vor dem Tor der Laubenkolonie steht ein Wagen der Stadtwerke, ein paar Männer schauen durch die Okulare ihrer Vermessungsinstrumente, an der Ecke steht Olli mit dem Typ vom Bauamt, wie heißt er noch mal, mit dem er sich im B3 getroffen hat? Ich muss sofort mit Joker sprechen, zum ersten Mal in meinem neuen Leben vermisse ich ein Handy, eines, mit dem man auch fotografieren kann.

Einen Bus später bin ich beim Kaufhof, Joker sitzt wirklich da und daddelt auf seinem Smartphone, keine Ahnung, warum die Leute einem Jungen Geld in seinen Pappbecher legen, der sich so ein Ding leisten kann.

„Es tut sich was in Sachen Korruptionsaffäre." Ich schildere kurz, was ich gesehen habe.

„Hast du Fotos gemacht?" Ich zucke mit den Schultern.

„O.k., vielleicht erwische ich sie noch." Er steht auf, Joker wedelt mit dem Schwanz und springt an ihm hoch, endlich passiert was! Sie verschwinden in Richtung Bushaltestelle.

Auf dem Flur vor meiner Wohnungstür steht ein Kinderwagen, Karsten hat sich in einiger Entfernung am Fenster platziert und schaut auf die Straße hinunter. Während ich mir seinen Rücken ansehe, verpufft die erste Wut, ich frage mich, was er hier will, was er von mir will, und außerdem, woher hat er meine Adresse?

„Woher hast du meine Adresse?" Meine Stimme klingt unfreundlich, während ich ihn in meine Wohnung lasse, mein Karsten-freies Reich, meine Einsiedlerklause. Als erstes entdeckt er Doras Schlafsack. „Hast du Besuch?" Dann entdeckt er Manni. „Ach, unser Sitzsack! Hatte mich schon gefragt, wo er abgeblieben ist. Eigentlich ja mein Sitzsack, aber ich schenke ihn dir hiermit ganz offiziell, ich denke, er wollte mit dir mitkommen." Manni verzieht das Gesicht und grunzt, aber das kann nur ich hören.

„Magst du einen Tee?"

Karsten antwortet nicht, er sieht sich meine 22 Quadratmeter an inklusive Balkon. Ich koche Tee, was anderes fällt mir nicht ein. Mitten im Raum steht der Kinderwagen. Als ich aus der Küche komme mit Teekanne und zwei Tassen, quietscht es darin, Karsten nimmt das Baby heraus, ganz professioneller Vater, den Arm stützend unter den wackeligen Baby-Kopf gelegt, Elternschule, schätze ich, Intensivkurs für alte Väter. Ich stelle das Geschirr ab, und es passiert, was ich vermeiden wollte, oder mir gewünscht habe, er legt mir sein Kind in den Arm. Ich weiß nicht, wie ich es halte soll, habe Angst, was falsch zu machen und stelle mich deshalb besonders dämlich an, er drückt seinen Kopf sanft in meine Armbeuge, es fühlt sich warm an und riecht nach Nivea.

„Wie heißt sie?"

„Klara"

Klara lächelt mich an, und das paralysiert mich augenblicklich. Lächeln ist die wirkungsvollste Waffe, die kleine Kinder einsetzen können, sie sehen die Umrisse eines Gesichts und halten einfach drauf mit ihrer angeborenen Mimik, die jeden normalen Erwachsenen sofort umhaut, weil er sich blöderweise gemeint fühlt, aber das Kind weiß nur, dass es grade auf deinem Arm liegt und du es eventuell fallen lassen könntest, was es aus nachvollziehbaren Gründen verhindern will. Es funktioniert! Ich bin begeistert von Klara, obwohl ich dazu nicht wirklich Anlass habe.

„Glückwunsch, eine süße Tochter habt ihr."

Ich schenke uns Tee ein, Karsten legt seine Tochter wieder in den Kinderwagen und lässt sich in Manni sinken. Ich setze mich an den Schreibtisch, und dann passiert, was ich nicht für möglich gehalten hätte, wir reden so vertraut miteinander wie früher.

„Komm nicht wieder", sage ich zum Abschied, „jedenfalls nicht so bald. Übrigens, woher hast du meine Adresse?"

„Niki hat mir gesagt, wo ich dich finde. Erst wollte er nicht, aber ich habe ihn ein bisschen erpresst, so sind wir Erwachsenen nun mal, wenn wir etwas unbedingt wollen, schrecken wir nicht vor den miesesten Mitteln zurück."

Unsterblichkeit

„Ich weiß jetzt, was ich machen werde!" Dora verspeist genussvoll ein Croissant und ist trotzdem in der Lage, sich verständlich zu äußern. Mit dem Rest der Geschichte aber wartet sie, bis das Croissant verschwunden ist. Ich bin gespannt, sie hat bis jetzt noch kein Sterbenswörtchen rausgelassen. Was hatte sie alles auf ihrem Programm? Zoo, Antiquariat, Gartencenter, Museum, Planetarium...

„Nichts von dem, was ich vorbereitet hatte, das war alles langweilig. Na ja, oder eben nichts für mich. Die Typen, die als Tierpfleger arbeiten, sind ganz in Ordnung, ziemlich schräg, aber sie haben mich entweder angemacht oder nicht für voll genommen oder beides. Der Besitzer des Antiquariats war leider ein Nörgler und Pessimist, er hat alles versucht, mir die Idee madig zu machen, mit Erfolg. Im Gartencenter habe ich ein paar super Frauen kennen gelernt, die können echt alles, sogar Traktor fahren, aber mir haben sie nur zugetraut, Ostereier zu verkaufen. Um in einem Museum was anderes als Putzfrau zu sein, muss man Kunstgeschichte studiert haben, und das Planetarium ist einfach ein Kino mit der Leinwand oben, das brauch ich auch nicht." Sie macht es wirklich spannend, schenkt sich in aller Ruhe Tee ein und lässt mich zappeln.

„Aber gestern, ich hatte eigentlich schon aufgegeben und wollte meinen Eltern die Freude machen, mich für BWL einzuschreiben", sie nimmt einen Schluck aus der Tasse, „kam ich zufällig am Naturhistorischen Museum vorbei, das nicht auf meinem Plan stand. Der Museumsleiter, ein junger Typ, super kompetent und sympathisch, machte grade die Runde mit einem Erstsemester-Seminar Biologiestudenten, und ich schloss mich ihnen an. Er führte uns durch die Naturgeschichte, von den

Einzellern über die kambrischen Artenexplosion und die Meteoriten-Katastrophe vor 65 Millionen Jahren, die siebzig Prozent allen Lebens vernichtete, bis zum Menschen und der modernen Zivilisation. Die Erstsemester waren nicht wirklich interessiert an Erdgeschichte, ich glaube, sie haben alle den Nobelpreis in Biochemie und Genetik im Visier und langweilten sich bei den aufgespießten Käfern und Schmetterlingen. Bevor er uns verabschiedete, hielt der Museumsleiter einen kurzen Vortrag über die aktuelle Situation unseres Planeten, der Natur und der Menschheit, Ressourcenverbrauch, Umweltzerstörung, Artensterben und so was, und dass er und seine Kollegen versuchen, die vielfältigen Formen des Lebens wenigstens archivarisch zu retten, indem sie so viele neue Arten wie möglich ausfindig machen und beschreiben, bevor sie von der Erdoberfläche verschwinden. Als die Meute weg war, sprach ich ihn an und fragte, was man studieren muss, um beim archivarischen Weltrettungs-Projekt mitzumachen. Er schaute mich an, als wäre ich ein Alien, aber dann wurde ihm wohl klar, dass ich es ernst meine. ‚Studieren Sie Biologie wie Ihre zukünftigen Kommilitonen, aber vergessen Sie alles, was diese fröhlichen jungen Leute antreibt, sie werden weder reich noch berühmt und wenn sie Pech haben, holen sie sich Malaria, wenn Sie am Amazonas nach unbekannten Froscharten suchen.' Ich werde also Biologie studieren, Hauptfach Taxonomie, Beschreibung der Arten, ein Fach, in dem ich vermutlich mit ein paar sympathischen alternativen Freaks zusammen bin."

Am nächsten Tag steht wieder ein Artikel in der Zeitung, Lokalteil unten rechts, „Laubenpieper in Sorge." Ein Foto der Vermessungsarbeiten vor Ort, also hat Joker es rechtzeitig geschafft und sie noch auf frischer Tat erwischt. Ich treffe ihn am Kaufhof, er ist sauer.

„Ich habe ihnen so viele konkrete Infos gegeben, aber nichts erscheint in dem Zeitungsartikel. Irgendwer hält da die Hand drauf, das alte Spiel, aber ich bleibe dran." Ich frage mich, was er für Verbindungen hat, alles ziemlich undurchsichtig, aber egal, Hauptsache, der Professor kann in seiner Hütte bleiben. „Hast du was vom Professor gehört?" frage ich im Weggehen.

„Er wird morgen da sein. Wir übrigens auch, wenn du nichts dagegen hast."

„Keineswegs, also dann, bis morgen!"

„Ich finde es krass", sagt Niki in die Runde, während ich grünen Tee einschenke, „dass manche Leute im Ernst glauben, wir könnten durch Medizin und Gentechnologie irgendwann unsterblich werden." Ich vermute, er ist mit Harry Potter durch und liest jetzt Sci-Fi.

„Warum? Vor hundert Jahren hat man noch vieles für undenkbar gehalten, was heute normal ist. Warum sollten wir nicht unsterblich werden?" Das war Joker.

Niki schüttelt den Kopf. „Denk doch mal nach. Unsterblich sein heißt *ewig* leben, nicht nur zweihundert oder fünfhundert oder tausend oder ein paar Milliarden Jahre, sondern länger als die Erde existieren wird und unsere Galaxie und das gesamte Universum."

„Wir werden natürlich nicht in unseren Körpern überleben", meint Joker, „bald wird es Computer geben, die eins zu eins unserem Gehirn entsprechen. Bevor wir sterben, geben wir unsere kompletten Daten ein und existieren weiter." Der Professor hat interessiert zugehört, jetzt wendet er sich an Joker.

„Verstehe ich dich richtig: wenn die gesamten Daten eines Menschen, sein genetischer Code, seine Erfahrungen und Gedanken in einen Computer übertragen werden, dann ist der Computer dieses Individuum?"

„Ja."

„Und der Datengeber, so lange er noch lebt, ist auch

dieses Individuum?"

„Logisch."

„Sagt der Computer 'ich'?"

„Wenn das Ich die Summe der persönlichen Daten ist, dann wird er wohl 'ich' sagen."

„Als der Mensch, dessen Daten er besitzt?"

„Als welcher sonst?"

„Also sagen zwei Existenzen zur selben Zeit als Dieselben 'ich'?"

„So wird es wohl sein."

„Das heißt, sie sind identisch."

„Nein, das kann nicht sein", antwortet Joker nach kurzem Nachdenken, „denn sie sind ja getrennt, existieren unabhängig voneinander, außerdem auf ganz unterschiedliche Weise, der eine weiterhin als Mensch, der andere als Maschine."

„Also wirst du, falls du deine Daten in einen Computer einspeist, trotzdem irgendwann sterben und deine Kopie wird weiter existieren, aber als etwas anderes als du."

Joker bleibt nur ein unwilliges „sieht so aus."

„Folglich kannst du auf diese Weise nicht unsterblich werden."

„Eigentlich ist doch die Seele unsterblich", wendet Dora ein.

„Was verstehst du unter ‚Seele'?" Jokers Stimme klingt verächtlich. Dora blitzt ihn an. Mir fällt wieder ein, dass ich die beiden in der Stadt gesehen habe.

„Was sagt Plato dazu?" frage ich, um dem Gespräch eine andere Richtung zu geben.

„Um das zu verstehen, muss man die Entwicklung der Seelenvorstellung im griechischen Denken betrachten. Bei Homer haben die Menschen keine Seele. Unsterblichkeit ist den Göttern vorbehalten, nur in Ausnahmefällen wird sie einem Sterblichen verliehen. Nach dem Tod sind die Menschen Schatten ihrer selbst, ihre Erinnerungen werden beim Eintritt in die Unterwelt im

Fluss Styx von ihren Füßen gewaschen. Die Naturphilosophen vor Sokrates dachten materialistisch, die Seele war für sie Teil des kosmischen Bewegungsprinzips, ein Gedanke, der bei Aristoteles wieder auftaucht. Bei Platon kommt der Gedanke der Wiedergeburt hinzu. Die Seele kommt immer wieder in anderen Individuen zur Welt. Zwischen den Reinkarnationen kehrt sie zu ihrem Ursprung zurück, dem Reich der Ideen."

„Ist sie dann noch die Person, die sie im Leben war?"

„Nein, es geht ihr nicht anders als den Schatten im Hades, sie verliert die Erinnerung an ihr vorheriges Leben, und ohne Erinnerung ist eine Person nicht mehr sie selbst."

„Was bleibt dann von mir übrig?" Joker scheint es nicht zu gefallen, dass er irgendwann auf sein Ego verzichten soll.

„Du musst eben etwas machen, das bleibt", schlägt Niki vor. „Ich jedenfalls werde durch meine Werke unsterblich. Ich werde Schriftsteller."

„Vielleicht ist der ganze Kosmos ein Aufzeichnungssystem", sagt Dora.

„Wie meinst du das?"

„Vielleicht speichern die Atome unsere Geschichte, so in etwa meine ich es. Atome bestehen aus vielen Teilchen, von denen man die meisten noch nicht kennt, könnte es nicht auch so etwas wie ein Erinnerungs-Teilchen geben? Das sich verändert durch die Verbindungen, die das Atom eingeht, und durch die Strukturen, in denen es eine Funktion hat? Ich meine, die einzelnen Atome im Universum haben eine Geschichte, warum sollten sie nicht auch ein Gedächtnis haben? Dann wären das Internet und alle unsere Speichermedien nur eine schwache Kopie von dem, was die Welt ohnehin ist: ein unermessliches, unfassbares, unzerstörbares, alles enthaltendes - *BUCH.*"

In diesem Moment hämmert jemand gegen die Tür. Wie an jeder Wohnungstür befindet sich auch an meiner eine Klingel, auf dem Schild daneben steht mein Name, groß und leserlich, nur ein Idiot kann ihn übersehen, oder eine Idiotin. Ich schaue in die Runde mit der unausgesprochenen Frage: „Soll ich aufmachen?" Der Professor nickt. Ich gehe zur Tür und mache auf. Draußen steht Karla.

„Hier habt ihr euch also versteckt!" schreit sie, nachdem sie ohne meine Erlaubnis die Wohnung betreten hat, als gehörte sie ihr. Ich sehe Niki an, er schüttelt den Kopf und streckt zwei Finger in die Luft, schwört, dass er meine Adresse seiner Mutter nicht verraten hat. Ich habe Karsten im Verdacht, aber was soll's, spielt jetzt auch keine Rolle mehr.

„Was meinst du mit versteckt? Ich wohne hier, und wir treffen uns jeden Mittwoch zu einem philosophischen Gespräch."

„Philosophisch? Ich lach mich gleich tot, du verstehst ja nicht mal die Zeitung!" Das hatte ich eigentlich von ihr gedacht.

„Deine Kinder sind philosophisch sehr begabt, keine Ahnung, woher sie es haben, und der Professor -"

„Professor??" Sie sieht unglaublich lächerlich aus, ihre aufgespritzte Oberlippe wabbelt vor Zorn, der kussechte Dior-Lippenstift droht abzustürzen, und die Tränensäcke sollte sie sich dringend wegmachen lassen. Dora und Niki starren ihre Mutter an wie eine Außerirdische, ich sehe, wie Nikis Mundwinkel verräterisch zucken, und plötzlich zuckt auch mein Zwerchfell, ich muss mich schwer beherrschen, um nicht loszuprusten. Aber es ist eigentlich nicht wirklich lustig, ihr Auftritt schockiert mich einigermaßen.

„Professor???" kreischt sie, „dass ich nicht lache, der Penner da", sie pikst mit ihrem Zeigefinger in seine Richtung, „der illegal in einem Gartenhaus in der Laubenkolonie wohnt und an der Ecke beim Kaufhof die Leute um ein paar Euro anbettelt? Ich werde dafür sorgen, dass er ins Gefängnis kommt, wegen Verführung Minderjähriger -"

„Verführung zum Denken meinen Sie, wie ich vermute", erwidert der Professor gelassen, „aus diesem Grund wurde auch schon Sokrates angeklagt."

„Wer?" Karla ist einen Augenblick aus dem Konzept, sie fürchtet anscheinend, dass sie den neuesten Gesellschafts-Klatsch nicht mitbekommen hat. Dann wendet sie sich an mich.

„Du nimmst mir meine Kinder weg, weil du keine bekommen kannst, du hast meine Tochter dazu gebracht, sich die Haare abschneiden zu lassen und sich für ein absolut unmögliches Studium zu entscheiden, du untergräbst meine Autorität -" jetzt prusten Dora und Niki gleichzeitig los.

„*WAS* untergräbt sie?", bringt Dora mühsam heraus.

„Außerdem, ich kann ganz gut selbst entscheiden, wie ich meine Haare haben will, aber nicht mal das traust du mir zu." Karla hat gar nicht zugehört.

„Ich rufe die Polizei und lasse Ihre Hütte räumen", droht sie dem Professor.

„Stand da nicht vor ein paar Tagen etwas in der Zeitung über einen Korruptionsskandal beim Baudezernat, in den die Immobilienfirma ImmoTrust verwickelt sein soll?" wirft Joker lässig in die Runde. „Soviel ich weiß, ging es um den Pachtvertrag des Kleingärtnervereins..."

Karla erstarrt. Ein paar Sekunden ringt sie um Fassung, dann fängt sie sich wieder, ignoriert Jokers Bemerkung.

„Ihr kommt jetzt sofort mit", befiehlt sie ihren Kindern. Niki steht auf, zuckt die Schultern, ist wohl besser, ich gehe mit, um die Show zu beenden. Dora bleibt sitzen.

„Falls du dich erinnerst, ich bin vorgestern achtzehn geworden, du hast nicht mehr das Recht, meinen Aufenthaltsort zu bestimmen", sagt sie trocken. Vielleicht wäre Jura gar nicht schlecht für sie gewesen, denke ich, aber natürlich gefällt mir ihre Entscheidung besser, am Buch der Natur mitzuschreiben.

„Und dich -", sie meint mich, jetzt kommt das, was ich schon die ganze Zeit befürchte, „- will ich nicht mehr in meiner Wohnung sehen, gib mir sofort den Schlüssel zurück!" Sie nimmt ihn an sich und verlässt, Niki im Schlepptau, triumphierend den Ort.

Wir bleiben eine Weile sprachlos. Mignon ist blass. Selbst dem Professor fällt nichts Passendes ein, er und Joker wechseln einen kurzen Blick. Mir wird klar, dass ich grade meinen Job verloren habe, und nicht nur das, der Igel wird nie mehr auf der Tastatur sitzen, um mir eine Nachricht von Niki anzukündigen, ich werde nie mehr Doras Pumps aus den Ecken ihres Zimmers zu-sammenlesen - aber sie trägt ja gar keine mehr, und außerdem sitzt sie noch hier, gerade aufgerichtet in den Falten des ebenfalls schockierten Manni, sie hat sich entschieden, hier zu bleiben und nicht ihrer Mutter zu folgen.

Das Konvolut

Unsere philosophischen Treffen finden zur Zeit nicht statt. Niki darf nicht dabei sein, Dora hat keine Zeit, sie lernt für ihr Abitur, außerdem wacht Karla mit Argusaugen darüber, dass ihre Kinder zum verdächtigen Zeitpunkt zuhause sind. Zum Glück ist der Professor da. An einem perfekten Frühlingstag sitzt er auf seiner Bank in der Sonne, die Augen geschlossen, ein ebenfalls geschlossenes Buch in der Hand. Ich setze mich neben ihn, schließe auch die Augen und träume vor mich hin. Dora fällt mir ein und das, was sie gesagt hat, bevor unser Gespräch so abrupt unterbrochen wurde.

„Eine schöne Idee, das Erinnerungsvermögen der Atome. Schade, dass man das Gedächtnis-Teilchen bis jetzt noch nicht nachweisen konnte."

„Die Physiker suchen nicht danach. Es besitzt keine mathematische Notwendigkeit."

„Vielleicht suchen sie auf der falschen Seite. Ich meine, vielleicht hat die Natur zwei Seiten, wie eine Münze. Wer nur die Zahl-Seite betrachtet, der kann das Bild auf der Rückseite nicht sehen, und umgekehrt."

„Spinoza", sagt der Professor, „deus sive natura."

„Mein Bruder Gabriel ließ eine Münze auf dem Tisch kreiseln..."

Die Stimme hat keinen Ort, sie schwebt über unseren Köpfen, füllt den Raum zwischen uns, schmiegt sich an und entfernt sich wieder. Holländischer Akzent, ein sanfter, singender Tonfall. Auf einmal wird mir bewusst, wie lange ich keine Stimmen mehr gehört habe, ich hatte sie fast vergessen.

„... er gab ihr mit Daumen und Zeigefinger exakt den richtigen Impuls, durch die Drehung verwandelte sie sich scheinbar in eine transparente Kugel, die langsam über den Tisch wanderte, in ihrem Innern blitzten in schneller Folge Kopf und Zahl auf und gingen ineinander über - in diesem Augenblick überwältigte mich ein Bild - oder war es ein Gedanke? Jedoch einer, der sich nicht in Worte fassen ließ. Ich verstand plötzlich, wie die Natur beschaffen ist -"

„Baruch oder Bento Spinoza wurde 1632 in Amsterdam geboren, als Sohn einer jüdische Kaufmannsfamilie. Über seine frühe Jugend weiß man nicht viel, er besuchte eine Tora-Schule, wahrscheinlich sollte er Rabbiner werden. Doch es kam anders. Er begegnete dem aufklärerischen Gedankengut von Descartes, das ihn an den Glaubenslehren zweifeln ließ, tat sich mit anderen Freidenkern zusammen und wurde mit dreiundzwanzig Jahren aus der jüdischen Gemeinde ausgeschlossen. Die Rabbiner verboten den Gemeindemitgliedern jeglichen Kontakt mit ihm. Da hatte er noch keinen Satz veröffentlicht. Der Bann machte ihn zum Philosophen, unter dem Druck des gegen ihn ausgesprochenen Fluchs entwickelte er in einer Verteidigungsschrift zum ersten Mal ausführlich seine religionskritischen Gedanken. Später wurde er auch aus der Stadt Amsterdam verbannt und verdiente seinen Lebensunterhalt mit dem Schleifen von Linsen und der Herstellung optischer Geräte."

„ - es gibt keinen Unterschied. Gott ist die Natur. Die Natur ist Gott. Wie die beiden Seiten einer Münze. Geist ist Materie, Materie ist Geist. Sie sind nicht entgegengesetzt, sondern verschiedene Zustände der einen Natur. Wir selbst sind Teil dieser göttlichen Substanz, in uns wird sich die Natur ihrer selbst bewusst. Der Weg zu Gott ist nicht der Glaube, sondern das Denken. Im

Denken wird die materielle Oberfläche der Natur durchsichtig für ihre andere, ihre geistige Seite."

„1670 erschien anonym Spinozas ‚Tractatus theologiko-politikus', der sofort von der holländischen Regierung verboten wurde. Zu brisant waren seine Idee der Gedankenfreiheit und seine Kritik an der Religion. Als Spinoza mit vierundvierzig Jahren starb, war keines seiner späteren Werke veröffentlicht worden. Noch im achtzehnten Jahrhundert kursierten sie im Geheimen unter seinen Anhängern oder in Form kritischer Abhandlungen. Spinozismus war ein Synonym für Gottlosigkeit. Hegel und Schelling lasen seine verfemten Schriften wie eine Offenbarung."

„Um meine Notizen als Berechnungen zu tarnen, zeichnete ich die Phasen der Drehung einer Münze auf und ermittelte das Drehmoment. Auf der Rückseite der Blätter notierte ich in einer Geheimschrift, die mein Bruder und ich uns als Kinder ausgedacht hatten, den Gedanken der göttlichen Substanz. Mir war klar, was passieren würde, wenn jemand diese Aufzeichnungen entdeckte, es gab schon damals einige Gemeindemitglieder, die mich denunzieren wollten, sie suchten nach ketzerischen Textstellen, um mir Gottlosigkeit nachzuweisen. Als ich später den Tractatus theologiko-politikus verfasste, wollte ich auf diesen ersten Entwurf zurückgreifen, aber die Blätter waren verschwunden und ich war auf meine Erinnerung angewiesen."

„Hochverehrter Herr!"

Wienerisch, von der altmodischen Art. Mit einer unsichtbaren Verbeugung wendet sich die neue Stimme an ihr Gegenüber.

"Ich hatte das Privileg, Ihre Aufzeichnung über das Drehmoment der Münze in Händen zu halten, ohne den Autor zu kennen. Die Seiten gehörten zu einem Konvolut von losen Blättern, eingeschlagen in Pergament und mit einem Lederriemen zusammengebunden. Ich entdeckte es in der wissenschaftlichen Bibliothek der Universität für Ingenieurwissenschaften in Manchester unter dem Stichwort „Drehmoment". Damals arbeitete ich an der Optimierung von Flugzeugpropellern. Als ich das Bündel öffnete, sah ich, dass es sich um eine Sammlung handgeschriebener philosophischer Texte aus verschiedenen Jahrhunderten handelte, ein Fund von unschätzbarem Wert. Ich behielt die Entdeckung für mich, ließ von einem Buchbinder eine Schatulle anfertigen und bewahrte die Schriften darin auf. Es waren Griechische und hebräische Texte darunter, vermutlich Originale aus antiker Zeit. Ich versuchte mich an der Übersetzung. Vor meinem Umzug nach Cambridge im Jahr 1911 schlug ich einige Hefte über Aerodynamik in das Pergament ein und gab sie anstelle der Handschriften an die Bibliothek zurück. Je länger ich mich mit den Texten beschäftigte, desto stärker wurde die Faszination, die sie auf mich ausübten. Einige waren Bruchstücke umfangreicher Abhandlungen, sie setzten mitten im Satz ein oder brachen unvermittelt ab. Dabei schien es sich jedoch stets um die wichtigsten Passagen zu handeln, in denen der zentrale Gedanke formuliert wurde. Ich verbrachte viele Nächte damit, die Schriften zu entziffern und war besessen von der Idee, eine Philosophie daraus zu entwickeln, die das Denken vollkommen verändern würde. In einer Nacht schrieb ich wie im Rausch den Entwurf zu einer künftigen Philosophie nieder. Am folgenden Morgen las ich wieder, was ich geschrieben hatte, und war ernüchtert, es war eine Aneinanderreihung sinnloser Sätze und verworrener Gedanken. Es musste einen anderen Weg zur Wahrheit

geben! Was sich überhaupt sagen lässt, lässt sich klar sagen, und wovon man nicht reden kann, darüber muss man schweigen. In Zukunft würde ich die Sätze als Leiter benutzen, um über sie hinauszukommen, und die Leiter anschließend wegwerfen. Am selben Tag begann ich mit meiner ersten ernsthaften philosophischen Abhandlung, die später unter dem Titel ‚Tractatus logiko-philosophikus' erschien, die einzige Schrift, die ich je veröffentlicht habe. Ich legte meinen kindischen Versuch, Mystik in Worte zu bannen, zu den anderen schwärmerischen Texten in die Schatulle und ließ diese bei meinem nächsten Gang zur Universitätsbibliothek bei den Klassikerausgaben zwischen Platons Werken zurück. Vielleicht würden sie eines Tages einen berufeneren Leser finden als mich."

„‚Tractatus theologiko-politikus', ‚Tractatus logiko-philosophikus' - unsere einzigen zu Lebzeiten veröffentlichten Bücher - welch seltsame Übereinstimmung! Wie ist Ihr werter Name?"

„Wittgenstein, Ludwig Wittgenstein. Aber das tut nichts zur Sache."

„Sie vergaßen, die arabischen Texte zu erwähnen, darunter eine Schrift von Ibn-Rushd..."

Zum ersten Mal eine weibliche Stimme! Spinoza fällt ihr ins Wort und ergänzt:

„... lateinisch Averroes, der große islamische Philosoph und Aufklärer des 12. Jahrhunderts, seine Kommentare zu den Werken Platons und Aristoteles' kursierten unter der Hand in gewissen Amsterdamer Gelehrtenzirkeln, mit denen ich in Verbindung stand ... er wurde der Häresie beschuldigt und aus seiner Heimatstadt Cordoba

verbannt, genau wie ich aus Amsterdam, seine Werke wurden öffentlich verbrannt ..."

„Platons Werke waren offenbar kein sicheres Versteck für das Konvolut", fährt die weibliche Stimme fort, "denn es muss durch viele weitere Hände gegangen sein, bevor ich es im Jahr 1929 in einem Antiquariat in Berlin entdeckte. Die Blätter befanden sich in schlechtem Zustand, sie waren zerknickt und vollgekritzelt mit Kommentaren, begeisterten wie hasserfüllten. Die Schatulle, die Sie haben anfertigen lassen, war jemandem wertvoller erschienen als ihr Inhalt, den er in einen einfachen Pappumschlag gesteckt hat. Ich kaufte den Umschlag als Teil eines Nachlasses, nicht ahnend, was für einen Schatz ich erworben hatte, und ließ ihn ein Jahr lang unbeachtet liegen, bevor ich ihn öffnete. Dann war mein erster Gedanke: das muss ich Heidegger zeigen. Heimlich reiste ich nach Freiburg und suchte ihn in seinem Büro auf. Er nahm das Konvolut mit nach Todtnauberg und zog sich mehrere Tage lang in seine Hütte zurück, um die Manuskripte zu studieren. Als er sie mir wieder aushändigte, wirkte er verstört. ‚Ich bin mit meinem Denken auf dem Holzweg', sagte er, ‚ich muss umkehren und einen neuen Begriff von Wahrheit suchen.'
Danach habe ich Heidegger erst 1950 wieder getroffen. 1933 nahm ich den Umschlag mit nach Paris. Ich ließ die losen Blätter zu einem Buch binden, um sie zu schützen und weil sie meinem Empfinden nach zusammengehörten, obwohl die Texte von unterschiedlichen Autoren aus verschiedenen Jahrhunderten stammten. Sie waren sowohl thematisch als auch durch ihr gemeinsames Schicksal miteinander verbunden. Kurz vor meiner Internierung im Lager Gurs gab ich das Buch Walter Benjamin, der seine Emigration in die USA vorbereitete, die Schriften schienen mir in Frankreich nicht mehr

*sicher zu sein. Und dann erfuhr ich nach meiner Flucht
aus Gurs von Benjamins Selbstmord -"*

In diesem Moment kommt ein Gärtner mit einem kleinen, lärmenden Bagger vorbei und beginnt, ein Grab auszuheben. Der Professor wacht auf und räuspert sich, er war eingeschlafen - also bin ich wohl doch allein mit den Stimmen aus dem philosophischen Jenseits. Das lässt mir keine Ruhe. Ein paar Tage später pilgere ich zur Laubenkolonie. Es ist schon fast dunkel, ein warmer Frühlingsabend, ich habe eine Flasche Wein dabei. Vor der Hütte liegt Joker, der vierbeinige, er kommt schwanzwedelnd auf mich zu und lässt sich zwischen den Ohren kraulen. Das heißt, der zweibeinige Joker ist beim Professor, das passt mir gar nicht. Gerade will ich kehrt machen und nach Hause gehen, da höre ich die beiden drinnen miteinander sprechen. Lauschen ist ansonsten nicht meine Angewohnheit, aber ich setze mich neben Joker auf die Erde, das Ohr an der Tür, die Weinflasche zwischen den Knien.

„Ich bin sicher", sagt Joker, „dass das Buch, nach dem wir suchen, 1941 in New York landete."

Von wegen allein mit meinen Stimmen! Offensichtlich hat der Professor kein Nickerchen gemacht sondern genau zugehört und alles an Joker weitergegeben. Was haben die beiden miteinander zu tun? Joker fährt in seinem Bericht fort.

„Hannah Arendt vertraute es Walter Benjamin an, so viel ist sicher, nach dem was Sie gehört haben. Benjamin gehörte zu einer Gruppe von Emigranten, die über die Pyrenäen von Frankreich nach Spanien zu gelangen versuchten. Begleitet wurden sie von einer Fluchthelferin, Lisa Fittko, eine deutsche Jüdin, die in Südfrankreich lebte. Sie brachen frühmorgens auf, Benjamin, der ein schwaches Herz hatte, war bald am Ende seiner Kräfte. Er trug eine Aktentasche mit sich und erklärte,

140

darin sei sein letztes und wichtigstes Manuskript, von dem er sich nie trennen würde. Ich vermute, dass sich das Buch in der Tasche befand. Als die Flüchtlinge in der spanischen Grenzstadt Port Bou ankamen, wurde ihnen gesagt, ihre Visa seien ungültig und sie müssten am nächsten Tag nach Frankreich zurückkehren. Daraufhin nahm sich Benjamin in der Nacht vom 26. zum 27. September 1940 mit einer Überdosis Morphium das Leben. Einer Gefährtin aus der Flüchtlingsgruppe, Henny Gurland, diktierte er einen Abschiedsbrief an Theodor W. Adorno, den sie nach ihrer Ankunft in den USA dem Adressaten überbringen sollte. Aber was geschah mit der Aktentasche, deren Inhalt ihm so wichtig zu sein schien? Es heißt, nach seinem Tod blieb die Tasche verschwunden. Das könnte auch bedeuten, dass Henny Gurland sie an sich genommen hat. Benjamins Weggefährten konnten am folgenden Tag ihre Flucht fortsetzen und schafften es in die USA. Falls meine Theorie stimmt, dann könnte das Buch 1941 in den Besitz von Theodor W. Adorno gekommen sein. Vielleicht hat die Lektüre ihn und Horkheimer zur ‚Dialektik der Aufklärung' inspiriert und die Kritische Theorie beeinflusst!"
„Denkbar wäre es, aber das Buch blieb nicht in Adornos Besitz sondern setzte irgendwann seine Reise fort und verließ wieder die USA."
„Es scheint, dass nicht nur wir nach diesem Buch suchen. Man ist Ihnen auf der Spur, Professor. Jemand setzt alles daran, dieses Gelände hier zu kaufen und die Laubenkolonie abzureißen!"

Es raschelt im Gebüsch, Joker springt auf und bellt, höchste Zeit für mich, zu verschwinden. Zuhause setze ich mich an den Computer und schreibe folgendes auf:

1.) die Stimmen

- sie sind keine Wahnvorstellungen
- der Professor hört sie ebenfalls
- sie lassen sich historischen Personen zuordnen
- sie vermitteln konkrete Informationen
- sie wenden sich an mich, ich bin das Medium

2.) der Professor

- was ist seine Vorgeschichte?
- was hat er mit dem Buch zu tun?
- was hat er mit Joker zu tun?
- ist er wirklich Professor Stein, dessen Familie auf dem
  Friedhof liegt?

3.) Joker

- welche Rolle spielt er?
- was weiß er über das Buch?
- was weiß er über den Professor?
- wie ist seine Beziehung zu Dora?

4.) das Buch

- wo ist es?
- was steht in den Texten?
- wer hat sie wann gesammelt und zu welchem Zweck?
- was haben der Professor und Joker damit vor?
- wer ist sonst noch hinter dem Buch her und warum?
- hat Olli etwas damit zu tun?

Dann lasse ich mich auf Manni nieder und trinke die
Flasche Wein alleine aus.

Das Fest

Mitte Mai wird das Wetter sommerlich, meine Wohnung heizt sich allmählich auf, ich lasse die Balkontür den ganzen Tag über offen. Ich habe Blumenerde gekauft und eine Tüte mit Samen, Wiesenblumenmischung. Jetzt wühle ich in der Erde, fülle die Blumenkästen auf, streue Samen hinein und hänge sie wieder in die Halterungen. Dann sitze ich auf meinem einzigen Stuhl, die Füße auf dem Geländer, und winke Mignon zu, die im Ahorn sitzt und den Spatzen beim Nestbau zuschaut. Es ist so friedlich, geradezu spießig, ich schließe die Augen, die Sonne scheint mir ins Gesicht, das Leben ist schön! Ich mache lange Spaziergänge, manchmal geht Mignon mit, manchmal hole ich den Hund Joker, er freut sich schon, wenn ich um die Ecke beim Kaufhof komme, Joker überlässt ihn mir gern. Wir gehen am Fluss entlang, Joker dreht wilde Kreise über die Wiese, das Gras steht hoch, er versinkt fast darin. Dann wirft er sich erschöpft neben uns auf die kühle Erde, hechelt beglückt.
Ich sitze am Ufer ohne was zu denken, starre ins Wasser, lausche dem unaufhörlichen Glucksen, Rauschen und Plätschern, so gluckst und rauscht und plätschert es schon seit zigtausend Jahren, oder wie lange auch immer dieser kleine Fluss hier schon entlangfließt, vielleicht war er ja früher ein reißender Strom. Über ein paar Felsbrocken gleitet das Wasser schnell weg, glänzend durchsichtig, eine Schicht aus Glas, dann stürzt es hinunter, schäumt weiß auf, die Wellen klatschen zurück auf die Steine, ab und zu spritzt Gischt zu mir herüber. Dahinter eine tiefe Stelle, von der Strömung ausgewaschen, eine große Forelle steht über dem Grund und schwimmt die ganze Zeit gegen das Fließen des Wassers an. Alles steht und fließt zugleich. Joker reißt

mich unsanft aus meiner Betrachtung, mit einem Satz landet er im Wasser, der Fisch schlägt einen Haken und verzieht sich zwischen den Steinen. Der Hund rudert und schnappt nach den Wellen, die Strömung trägt ihn ein Stück mit, dann hat er wieder Grund unter den Pfoten, klettert ans Ufer und schüttelt sich in einer Wolke aus glitzernden Tropfen. Ich stehe auf, schaue nach Mignon, die ist nicht zu sehen. Wir gehen flussaufwärts, ich rufe, Joker hat Witterung aufgenommen, dann höre ich einen seltsamen Laut, heiser und melodisch, wie von weither. Sie hockt auf einem Stein am Ufer, die Haare wirr im Gesicht, und bläst in ein Schilfrohr, keine Ahnung, wie sie es schafft, damit Töne hervorzubringen.

Ich bringe Joker den Hund zurück, an der Bushaltestelle begegne ich Dora. "Bei uns zuhause ist die Hölle los", berichtet sie. „Zum Glück muss ich fürs Abi lernen, sonst würde ich es nicht aushalten. Mein Vater redet nicht mehr mit mir, aber auch sonst mit niemandem, meine Mutter bricht regelmäßig in Tränen aus, abwechselnd wegen meiner Frisur, meiner Klamotten oder meiner Studienwahl. Außerdem ist sie neuerdings esoterisch drauf, was sich darin äußert, dass sie dauernd irgendwas kauft, Ratgeber und Räucherstäbchen und Armbänder mit Heilsteinen und ich weiß nicht was. Sie hat zwei Yogakurse und ein Meditationsseminar belegt und spricht zwischen ihren Heulanfällen nur noch von positiver Energie und der Harmonie des Kosmos. Wenn ihre Familie nicht mehr nach ihrer Pfeife tanzt, dann soll wenigstens das Universum sich um sie drehen. Eine neue Putzfrau haben wir noch nicht, die Wohnung sieht aus wie in den schlimmsten Zeiten bevor du kamst, die einzig aufgeräumten Zimmer sind Nikis und meines."
"Ich vermisse es, dass ich nicht mehr kommen kann, und unsere philosophischen Gespräche vermisse ich auch!"

"Ja, wirklich schade, dass wir uns nicht mehr treffen, ich könnte den Rat des Professors manchmal gut gebrauchen. Wie geht es ihm? Meinst du, ich kann ihn einfach mal in der Laubenkolonie besuchen?"

"Klar, er würde sich bestimmt freuen. Er hat eine ganze Bibliothek in seinem Gartenhaus, alle Wände sind mit Büchern gepflastert, er meint, das isoliert gut gegen Kälte und Hitze."

Eine Woche später habe ich Post, zwei Einladungen zu Doras Abitur-Fest im Garten des Professors, eine für mich und eine für Mignon.

Am Samstag Abend klopfe ich an der Nachbartür, Mignon hat sich hübsch gemacht, die schwarzen Locken mit Schleifen hochgebunden, aber ihre Augen sind rot, anscheinend hat sie geweint. „Ihr Vater hat sich mal wieder gemeldet", flüstert ihre Mutter in mein Ohr, "dieses Mal aus Athen, keine Ahnung, was er da macht. Sie will ihn unbedingt sehen, aber ich kann es mir nicht leisten, der Flug, das Hotel, einfach zu teuer. Hoffentlich bringt das Fest sie auf andere Gedanken."

Ich erkenne den Garten des Professors nicht wieder! Der Rasen ist gemäht, die Büsche sind beschnitten, unter der großen Linde steht ein grün-weiß-gestreiftes Zelt, wie auf einem Foto in „Gartenlust". Karla wäre begeistert, nur die Favela-kompatible Hütte stört das Bild. Karla und Olli sind natürlich nicht eingeladen, wahrscheinlich haben sie keine Ahnung, dass dieses Fest stattfindet, und schon gar nicht wo! Mignon verschwindet mit Niki, ich lasse mir von Dora ein Glas Bowle einschenken und suche den Professor. Er steht mit ein paar Leuten im Zelt, Joker ist dabei, sonst kenne ich niemanden.

„Bücher sind Ballast", sagt Joker, „vor allem wenn man umzieht." Ich frage mich, bei welcher Gelegenheit er Erfahrungen im Wohnungswechsel mit Bücherkartons sammeln konnte.

„Bücher haben Geist und Körper, deshalb können wir uns mit ihnen befreunden", kontert der Professor, „sie sind uns ähnlich."

„Geist braucht keinen Körper, er ist überall, wie das Netz." Joker geht mir mit seiner Rechthaberei mal wieder tierisch auf den Geist.

„Bei einem globalen Stromausfall ist das Netz weg", wirft ein älterer Herr mit korrektem Anzug ein, vielleicht einer von Doras Lehrern, jedenfalls eindeutig vor-Netz-Generation.

„Irgendwann wird jedes Handy und jeder PC eine Solarzelle haben, dann sind wir nicht mehr auf das Stromnetz angewiesen."

„Ohne zentrale Großrechner lässt sich das Internet nicht aufrecht erhalten. Und die hängen an der Stromversorgung."

„Bücher sind brennbar und nicht wasserfest. Bibliotheken pflegten in der Geschichte immer wieder eindrucksvoll in Flammen aufzugehen, den Rest besorgte das Löschwasser."

„Papyrus kann tausend Jahre überdauern, aber Disketten sind schon heute mit keinem Computer mehr kompatibel."

„Erstaunlich, wie viel trotz allem überliefert wurde." Meine Harmoniesucht geht mir definitiv noch mehr auf den Geist als Jokers Streitlust, aber egal.

„Viel?" Der Professor schüttelt bedauernd den Kopf. „Nur von einem verschwindend kleinen Teil der antiken Literatur besitzen wir überhaupt noch Informationen, vorwiegend aus Zitaten und Anspielungen. Dreitausend Autoren sind namentlich bekannt, etwa ebenso viele antike Texte blieben im Original erhalten, die meisten nur in Bruchstücken. Aufgrund der rekonstruierten Bestände antiker Bibliotheken nimmt man an, dass nur einer von tausend Titeln das vierte Jahrhundert überstand. Allein die Bibliothek von Alexandria besaß siebenhunderttausend Rollen. Nicht abschätzbar, was sich in unzähligen privaten Bibliotheken befand. Die Jahresproduktion des antiken Buchmarktes bis zum dritten Jahrhundert nach Christus betrug etwa elfhundert Titel, bei einer durchschnittlichen Anzahl von zehn bis hundert Kopien würde das Schriftrollen im zweistelligen Millionenbereich entsprechen. Keine einzige davon blieb erhalten. Vom vierten bis zum siebten Jahrhundert wurden systematisch 'heidnische' Bücher vernichtet, Bibliotheken zerstört und Menschen wegen des Besitzes von 'Zauberbüchern' mit dem Tod bestraft. Paradoxerweise trugen gerade die Mönche in den Skriptorien dazu bei, antike Autoren in die Neuzeit zu retten, verbotene Texte wurden auch vielfach heimlich abgeschrieben. Erst im neunzehnten Jahrhundert erreichte der Buchbestand in Europa wieder Zahlen wie in antiker Zeit."

Ich komme zu dem Schluss, dass meine Allgemeinbildung für intellektuell anspruchsvolle Konversation nicht ausreicht, nehme mir vor, bei Wiki unter „verschollene Bücher" oder so was nachzuschauen und verdrücke mich unauffällig an die Getränkeausgabe. Die Bowle schmeckt nach Minze, Orange, Himbeeren und Sommer und versöhnt mich ziemlich schnell mit meiner allgemeinen Unzulänglichkeit. Es wird dunkel, ein Mädchen zündet Gartenfackeln an, das flackernde Licht lässt die Schatten der Büsche tanzen, dazwischen tanzen Teenys eng umschlungen, Stehblues nannten wir das früher, Mignon tanzt Niki etwas vor, ihre Locken fliegen wild, alle scheinen vom Tanzvirus befallen zu sein. Tanzen macht hungrig, der Duft von Grillwürsten streift meine Nase, aber ich habe keinen Appetit, bin plötzlich müde von der Überdosis geistiger Gespräche und Getränke auf nüchternen Magen. Ob der Professor etwas dagegen hat, wenn ich mich eine Weile auf seinem Feldbett ausruhe? In der Hütte ist niemand, nach gefühlten zwei Sekunden bin ich eingeschlafen.

Stimmen im Dunkeln, keine Ahnung wie lange ich geschlafen habe, noch ganz benommen setze ich mich auf und wage einen Blick um die Ecke. Am Tisch sitzen vier Leute um eine brennende Kerze herum und unterhalten sich. Draußen ist das Fest noch im Gange, ich ziehe es vor, im Verborgenen zu bleiben und lausche, das wird allmählich zur netten Gewohnheit. Allerdings muss ich die Ohren spitzen, die vier sprechen leise, als hätten sie Angst, belauscht zu werden.

„Elektromagnetische Wellen ... kosmisches Aufzeichnungssystem ..." es hört sich an wie Handy-Empfang am Rande des Funklochs, ich kriege nur Bruchstücke mit. Vorsichtig rücke ich das Feldbett näher an die Wand und halte den Atem an ... *„ein Sinnesorgan für das sogenannte nicht wahrnehmbare Wellenspektrum, der sechste Sinn sozusagen ... Resonanzeffekte ... Synchronisation mit Schwingungen in der Zellstruktur des Gehirns ..."*
„Animalischer Magnetismus, das Fluidum!" schreit eine hektische Stimme dazwischen. *„Man hat mich als Scharlatan verspottet, aber ich habe nie daran gezweifelt, dass man es irgendwann würde nachweisen können..."*
„Herr Mesmer, bitte mäßigen Sie sich und lassen Sie Professor Hertz seine Ausführungen fortsetzen. Es ist von größter Wichtigkeit für uns, zu erfahren, was er auf diesen Blättern notiert hat."
„Ich habe mit medial begabten Menschen experimentiert, natürlich im Geheimen, um meinen Ruf als Physiker nicht zu gefährden, und die Frequenzen ermittelt, auf die das menschliche Gehirn reagiert. Sie liegen außerhalb des technisch genutzten Bereiches, trotzdem transportieren sie Informationen, die von den menschlichen Medien ‚gelesen' werden konnten, zum Beispiel

über Verstorbene, historische Ereignisse oder Naturka-
tastrophen. Mich faszinierte der Gedanke, ein Phäno-
men, das in okkulten Zirkeln praktiziert und allgemein
als Hokuspokus abgetan wird, wissenschaftlich zu un-
tersuchen. Immer wenn meine Forschungs- und Lehrtä-
tigkeit mir dafür Zeit ließen, arbeitete ich mit meinen
Medien daran, diese ‚natürlichen‘ Informationen gezielt
abzurufen und eine Methode ihrer Auswertung zu ent-
wickeln. Die Medien waren allesamt zuverlässige und
verschwiegene Personen, trotzdem lebte ich in ständiger
Angst, meine außerakademischen Forschungen könnten
entdeckt werden. Und dann verschwanden während
meines Klinikaufenthaltes alle Aufzeichnungen. Ich
hatte einen wissenschaftlichen Mitarbeiter im Verdacht,
sie gestohlen zu haben.
Die Ergebnisse meiner Untersuchungen legen den
Schluss nahe, dass alles, was geschieht, sich als Modu-
lation elektromagnetischer Wellen niederschlägt, die
sich unendlich im Raum ausbreiten. Das bedeutet, der
gesamte Kosmos ist ein gigantisches Aufzeichnungssys-
tem, ein unendliches Narrativ. Wir könnten lernen, im
Buch der Natur zu lesen."

„Leise bitte!" mahnt der Professor, dann höre ich Joker
sagen: „Wenn ich es richtig verstehe, dann heißt das so
viel wie Internet ohne Computer, Wikipedia direkt im
Hirn, ohne Smartphone und Google-Brille - das ist
krass! Die gesamte IT-Branche wird hinter dem Buch
her sein, wenn sie Wind davon kriegen ..."
„Es sind noch ganz andere Leute hinter dem Buch her",
die Stimme des Professors klingt besorgt. „Ich sehe eine
große Gefahr."
„Sie müssen das Buch in Sicherheit bringen!" sagt der
junge Physiker.
„Zuerst müssen wir es finden!"

Jetzt flüstern sie, ich kann kein Wort verstehen, nach einer Weile döse ich wieder ein bisschen ein, das Gemurmel dringt in meine Träume, einzelne Wörter schwimmen darauf wie Fettaugen auf der Brühe, „elektromagnetische Wellen", „Fluidum", „IT-Branche", "Buch der Natur", dann höre ich nur noch zwei Stimmen, Joker und den Professor.

„Wie kommst du darauf, dass sich die Aufzeichnungen von Professor Hertz in dem verschwundenen Buch befinden?"
„Weil ich sie gesehen habe."
"Du hattest das Buch in der Hand?"
"Ein Antiquitätenhändler aus New York hatte es meinem Vater zu Untersuchungszwecken überlassen, er war Spezialist für antike Texte. Ein einziges Mal hatte ich Gelegenheit, darin zu blättern, als er es Professor Stein übergab, der es nach Deutschland mitnahm. Die Seiten mit für mich unverständlichen Formeln und Berechnungen unter der Überschrift: ‚H. Hertz 1892: Über die Auswertung natürlicher Informationen auf elektromagnetischen Trägerfrequenzen' sprangen mir sofort ins Auge."
Jetzt bin ich hellwach. Der Professor ist also *nicht* Professor Stein?!
„Woran erinnerst du dich außerdem?"
„Es waren Originaltexte, keine Druckseiten oder Kopien, die meisten handgeschrieben, aus verschiedenen Jahrhunderten, chronologisch geordnet. Die letzten drei oder vier Blätter waren eine auf Seitenformat geschnittene antike Papyrusrolle mit griechischen Buchstaben. Mein Freund Kriton in Athen hat etwas darüber herausgefunden, ich muss ihn unbedingt treffen. Außerdem arbeitet mein Bruder zur Zeit dort, ich möchte ihn wiedersehen und Mignon mitnehmen. Kannst du das arrangieren? Lena sollte auch dabei sein."

Der weiße Seestern

Wie immer beim Start habe ich ein flaues Gefühl im Magen. Mignon sitzt am Fenster, Dora hat den Arm um ihre Schulter gelegt, ich schließe die Augen, fühle, wie wir abheben, eine Kurve fliegen, werde sanft in meinen Sitz gedrückt, es ist still in der Kabine, ein Moment äußerster Ruhe und Konzentration. Ich wage einen Blick aus dem Fenster, die Landschaft dreht sich unter uns weg, dann rutscht sie wieder in die Waagrechte, ich sehe Himmel, ein paar Wolken in Augenhöhe, wir sind oben, dürfen die Gurte lösen und es uns bequem machen.

„Athenaze", sagt der Professor, und ich weiß aus meiner Weihnachtslektüre, was das heißt: „nach Athen!"

Dora hat mit Joker alles organisiert, die Tickets besorgt, das Hotel gebucht. Sie hat uns nach Athen eingeladen, von dem Geld, das sie zum Geburtstag und zum Abitur geschenkt bekam. Ihren Eltern hat sie erzählt, dass sie mit ein paar Freundinnen aus ihrer Klasse irgendwohin in die Sonne fliegt, baden, feiern, relaxen, schoppen, alles was Karla toll findet, weshalb sie nicht weiter nachfragte. Statt dessen ist Dora nun mit einer pseudo-Familie unterwegs zu der Stadt, in der Sokrates gelebt hat, und wir geben zusammen eine ganz passable Familie ab, Papa, Mama mit zwei Töchtern, ich hoffe, niemand kontrolliert unsere Ausweise und stellt fest, dass jedes Familienmitglied einen anderen Familiennamen hat. Apropos Ausweis: hat Mignon überhaupt einen? Aber egal, wir bleiben ja in Europa.

Als die Stadt unter uns sichtbar wird erschrecke ich, ein riesiger weißer Seestern, der sich in die felsige Bucht gekrallt hat, seine Arme greifen weit aus, reichen fast über den schmalen Streifen Land bis zum Meer auf der anderen Seite hinüber, eine Vier-Millionen-Stadt. Habe

ich erwartet, in der Vergangenheit zu landen, in dem
Athen, dessen Straßen Sokrates unsicher machte, wo er
versuchte, unbedarften jungen Leuten das Denken bei-
zubringen? Oder gehofft, ihm in dieser Stadt über den
Weg zu laufen, mit ihm in einer Kneipe an der Ecke ein
Glas Wein zu trinken und den neuesten Tratsch aus dem
alten Athen vor zweitausendvierhundert Jahren auszu-
tauschen?

Mignon und Dora schauen fasziniert zu, wie wir uns
dem Mega-Seestern nähern, dann setzt der Flieger mit
nachdrücklichem Rappeln auf, wir sind da, wir sind in
Athen. Der Professor spricht Griechisch mit dem Taxifahrer, der hält das für eine Aufforderung, griechisch zu
fahren, kurvt halsbrecherisch durch den Feierabendver-
kehr, Spurwechsel, rechts überholen, hupen, Vogel
zeigen, rote Ampeln nur bedingt respektieren, meistens
nur, wenn der Vordermann bremst, dann Vollbremsung,
währenddessen unterhält er sich in Fahrgeschwindigkeit
mit dem Professor, der hält lässig mit, lacht ganz ent-
spannt und scheint kein Problem zu haben. Wir drei
Mädels auf dem Rücksitz dagegen schon. Mignon reißt
eine Weile erschrocken die Augen auf, dann macht sie
sie zu, lehnt sich an Dora, ergibt sich in ihr Schicksal
und schläft ein. Wir beide klammern uns an die Halte-
gurte und verbuchen das Ganze unter der Rubrik Härte-
test. Nach gefühlten zwei Stunden Vollbremsung vor
einem nicht wirklich einladenden Hotel, überschwängli-
che Verabschiedung auf den vorderen Sitzen, der Professors verspricht hoch und heilig, kein anderes Taxi
jemals während unseres Aufenthaltes in dieser Stadt zu
buchen, Zusage des Fahrers, jederzeit zu günstigsten
Bedingungen zur Verfügung zu stehen (so viel Griechisch verstehe sogar ich), ein paar Euro wandern in die
schwarze Taxi-Kasse und wir stehen vor dem Hotel, das
der Professor vorgeschlagen und Joker per Internet
gebucht hat.

Professor? Ist er das überhaupt, war er das jemals? Oder gehört er in Wirklichkeit zur Athener Fremdenverkehrs-Mafia, die unschuldige Touristen in windige Hotels lockt, um sie abzuzocken? Er lässt sich die Schlüssel für unsere Zimmer gebe, Einzelzimmer für ihn, Doppelzimmer für uns Mädels, der Empfangschef grinst verständnisvoll, Papa will seine Ruhe haben. Für eine Milliardstelsekunde überlege ich, wie es wohl wäre, mit dem Professor ein Doppelzimmer zu teilen, aber Joker hatte wohl genaue Anweisungen. Der Aufzug lässt auf sich warten, wir machen alle drei wohl einen etwas geplätteten Eindruck, die Kabine rattert besorgniserregend, als die Tür aufgeht sind wir erleichtert, und dann, bevor wir in unsere Zimmer verschwinden, breitet der in ich-weiß-nicht-was verwandelte Professor die Arme aus und sagt mit dem charmantesten Lächeln der Welt: „Willkommen in Athen, der Mutter Europas!"
Es ist heiß im Zimmer, die Klimaanlage funktioniert nicht. Als wir vom reichhaltigen griechischen Essen in einer Altstadtkneipe zurückkommen, zu dem der Professor uns eingeladen hat, öffnen wir das Fenster und lassen es offen, das ändert zwar nichts an der Temperatur, aber wenigstens weht manchmal ein abgasghaltiges Lüftchen herein. Draußen Straßenlärm, Hupen, laute Stimmen, egal, ich bin fertig und schlafe schnell ein.

Nach dem Frühstück verschwindet unser Reiseführer erst mal. Dora bestellt ein Taxi an der Rezeption, und natürlich oder wunderbarerweise ist es der Taxifahrer von gestern, er bringt uns zum Nationalmuseum, fährt so vorschriftsmäßig wie ein deutscher Fahrlehrer, setzt uns vor dem Eingang ab und wünscht uns grinsend auf Englisch viel Spaß. Dora hat sich vorbereitet, sie führt uns durch die endlosen Räume, erklärt uns die Vasenmalereien, die verschiedenen Stile und Zeitepochen, die mythologischen Motive, ich höre kaum zu, staune nur über ihr Wissen und frage sie, wie sie sich das alles angeeignet hat und warum es sie überhaupt interessiert. „Griechisch-AG, ist zwar nicht viel hängen geblieben, außer dass ich hier die Straßenschilder lesen kann, aber die Vasen waren ein spezielles Hobby unseres Lehrers. Eigentlich sind es ja antike Comics", sagt sie, während wir ein besonders schönes Stück betrachten, „professionell gezeichnet, das war fast schon Industrieproduktion, diese Gefäße wurden in großen Mengen hergestellt und bemalt, die Leute wollten im Alltag ihre Götter und Helden um sich haben, so wie wir uns heute Vorabendserien anschauen. Immer die gleichen Geschichten, Liebe, Verrat und Abenteuer, schöne Frauen und tolle Jungs." Nach drei Stunden sind wir durch, haben Bronzefiguren und Marmorstandbilder bestaunt, Glasgefäße, Säulen, Mosaike und Goldschmuck betrachtet. Draußen brennt die Sonne, wir haben Durst, die Füße tun uns weh. Wir setzen uns in ein Eiscafé und bestellen Limonade. Die Stadt ist laut, heiß und hektisch, ich frage mich, was ich hier soll, alles nervt, am liebsten wäre ich zuhause auf meinem Balkon, wo die Wiesenblumen in den Eternitkästen sprießen und ich meine Ruhe habe. Die Limonade ist warm und klebrig, am liebsten würde ich ein Glas Wein trinken. „Warum trinkst du Limonade?", fragt Dora, „bestell dir doch ein Glas Wein!" Nach dem ersten Schluck sieht die Welt schon viel freundlicher aus. Hier scheint es keinen Schatten zu geben. Die Welt aus der Perspektive der Sonne sehen, vielleicht war das der Ursprung der Philosophie. Aber dann sehe ich doch die Schatten, sie sind dunkel, fast schwarz, weil das Licht so weiß ist. Mein Glas ist fast leer. Jetzt weiß ich, warum ich hier bin. Weil ich mich verliebt habe. Ja, das wird mir auf einmal klar, im grellen Athenischen Mittagslicht, leicht angesäuselt vom griechischen Wein, ich habe mich in Sokrates verliebt, den Schwätzer und

Obersophisten, der den Leuten die Worte im Mund herumdrehte, so lange, bis die Wahrheit herauskam, den Eigenbrötler, der mitten auf der Straße stehenblieb, weil ein Gedanke ihn packte, und nicht weiterging, bis er ihn zu Ende gedacht hatte. Ich bin hergekommen, weil ich hoffte, irgendetwas von ihm hier zu finden.

Am zweiten Tag beschließt der Professor, seine Rolle als Reiseführer ernst zu nehmen, und schleppt uns bei der Hitze gnadenlos zu Fuß durch die Stadt. Er kennt einen Schleichweg zur Akropolis abseits vom Touristenrummel, der Parthenon schwebt magisch über den silbrig grünen Kronen alter Olivenbäume, wir fühlen uns in einen heiligen Hain versetzt. Zum Haupteingang müssen wir wieder ein Stück zurück, dann geht es die Treppen hinauf, am Nike-Tempel vorbei, unter den mächtigen Säulen der Propyläen, durch eine Mauerlücke einen Blick über die Stadt werfen, dann hinaus auf das Hochplateau mit dem Parthenon. Der Tempel der Stadt-Göttin Athene wurde von 447 bis 432 v. Chr. in nur fünfzehn Jahren erbaut, vollendet also siebenundsechzig Jahre vor Sokrates' Geburt. Zweiundvierzig dorische Säulen, nicht zylindrisch sondern etwas bauchig, eine optische Korrektur, welche die Säulen schlank und gerade wirken lässt. Alle Säulen sind unmerklich nach innen geneigt, um die Kurvatur des Tempels auszugleichen, der keine einzige waagrechte Linie aufweist, sondern vom Boden bis zum Dachfries leicht gekrümmt ist, weshalb jeder Stein, jede Säule einzeln bearbeitet und angepasst werden musste. Das Bauwerk scheint jeden Muskeln anzuspannen, um im nächsten Moment vom Felsen abzuheben und zu schweben. Eine Weile stehen wir nur da, außer Atem und einfach geplättet von dem Anblick. Die Felsterrasse um den Tempel ist bevölkert wie ein Marktplatz, aber alle bewegen sich gemessen, kein Lärm ist zu hören. Heiliger Boden, nicht mal der Verzehr von Eis oder Sandwiches ist gestattet. Und dann erwischt mich trotz der Kräne, die über den Säulen des Parthenon emporragen - Antike als Dauerbaustelle - eine Zeitschleife, ein kleiner Zeit-Tornado wirbelt über diesen längst vergangenen Ort und saugt mich aus der Gegenwart heraus.

Als wir wieder unten sind, winkt der Professor ein Taxi, was Wunder, es ist unser Fahrer! Er scheint ihn für die Dauer unseres Aufenthalts verpflichtet zu haben. Wir fahren nach Akademia Platonos, einem Stadtviertel im Nordwesten Athens. Banlieus mit heruntergekommenen Wohnblocks prägen das Bild. Der Park mit den Ausgrabungen der Platonischen Akademie ist eine Oase in der Stadtwüste. Viel ist nicht zu sehen, ein paar Grundmauern, sorgfältig freigelegte Rechtecke aus hellem Stein, von Pinien und Zedern beschattet. Zikaden übertönen das Verkehrsrauschen im Hintergrund.

„Der Hain des Akademos lag damals am Stadtrand von Athen", erklärt der Professor, „Plato konnte das Gelände günstig erwerben und richtete dort seine philosophische Schule ein, die 'Akademia', wie sie nach ihrem Standort genannt wurde. So ist ein athenischer Vorstadtheiliger zum Namensgeber universitärer Gelehrsamkeit geworden, aber kaum jemand erinnert sich an den Ursprung der Bezeichnung. Wie es in dieser Schule zuging, weiß man nicht genau, sicher waren Platons Schriften die Grundlage des Unterrichtes. Im Gegensatz zu den Sophisten verlangte er kein Geld von seinen Schülern, der Zutritt zur Akademie stand allen offen, Herkunft spielte keine Rolle, auch Frauen gehörten zur schulischen Lebensgemeinschaft, von zwei Schülerinnen sind die Namen überliefert. Die Freiheit des Denkens war ein Prinzip der Akademie, die Wahrheit sollte sich im Gespräch entwickeln, abweichende Meinungen wurden toleriert. Es kam selten vor, dass ein Student die Akademie verließ, weil er die Grundlagen der platoni-

schen Lehre nicht mehr teilte. Der berühmteste Dissident ist Platons Lieblingsschüler Aristoteles."
Wir versuchen uns vorzustellen, wie Platon mit seinen Schülern in der Stille des Nachmittags beim Zirpen der Zikaden philosophische Gespräche führte.
„Nach Platons Tod wurden seine Nachfolger, die Scholarchen, von den Schülern auf Lebenszeit gewählt. Als die Akademie im Jahr 529 nach Christus geschlossen wurde, hatte sie mit Unterbrechungen mehr als tausend Jahre existiert. Zu Beginn des Mittelalters lebte sie für kurze Zeit wieder auf in einem Kreis um Karl den Großen und den gelehrten Mönch Alkuin, der Platons Schriften im Original lesen konnte. Die Kenntnis der griechischen Schrift und Sprache war damals nicht mehr sehr verbreitet. Eine neue Blütezeit erlebte das platonische Denken in der Renaissance mit der ‚Academia Platonica' in Florenz im 15. Jahrhundert. Ihr Gründer war der Arzt und Philosoph Marsilio Ficino, der die Dialoge Platons ins Lateinische übersetzte. Er begründete die Wirkungsgeschichte Platons in der neueren Philosophie und in der Literatur."
Ich würde gerne hier bleiben, wenn's geht für immer, noch lieber würde ich durch eine Zeitschleuse kriechen und als Schülerin der platonischen Akademie beitreten, aber dann steigen wir wieder ins Taxi. Hauptverkehrszeit, die ist hier irgendwie ganztägig, vierspurig Stop and Go, zum Glück funktioniert die Klimaanlage und unsere Körper kommen allmählich wieder auf Normaltemperatur. Wo fahren wir eigentlich hin? Ist mir egal, ich spaziere mit Platon und seinen Schülern im Schatten der Zedern und weiß endlich, wohin ich gehöre. Der Professor unterhält sich halblaut mit dem Fahrer, Mignon schläft nach kurzer Zeit ein, Dora holt ihr Smartphone aus der Tasche, mir fallen irgendwann auch die Augen zu, ich döse weg, aber dann bin ich plötzlich hellwach.

„Er hat kurz vor seinem Tod Gedichte geschrieben", sagt der Professor laut auf Deutsch.

„Das glaubst du doch selbst nicht!" antwortet unser Taxifahrer ebenfalls auf Deutsch mit leichtem Akzent. Ich bin ganz sicher, dass die beiden vorhin Griechisch gesprochen haben!

„Lies nach im ,Phaidon'! Sokrates überbrückte die Zeit im Gefängnis bis zu seiner Hinrichtung, die erst statt-finden konnte, wenn das Schiff der jährlichen Festge-sandtschaft aus Delos zurückgekehrt war, damit, Fabeln des Äsop, die er auswendig kannte, in Verse zu setzen."

„Du weißt, wie unzuverlässig Platon ist, was die Fakten betrifft. Aber hier hat er bewusst die Unwahrheit über-liefert."

„Das ist eine starke Behauptung!"

„Er war als einziger nicht bei Sokrates' Tod dabei."

„Platon war krank, ich weiß."

„Krank? So kann man es auch nennen. Ich nenne es Feigheit, dass er seinen Lehrer nicht zusammen mit den Freunden beim Sterben begleitete. Er war also auf die Berichte der Anderen angewiesen, um das Geschehen nachträglich im Dialog ,Phaidon' wiedergeben zu kön-nen, und er hat wie immer ein wenig - wie soll ich sagen - frei interpretiert. Zum Beispiel hat er etwas Wichtiges unerwähnt gelassen: bevor Sokrates zum Giftbecher griff, beauftragte er Kriton, die Papyrusrolle mit den sogenannten ,Gedichten' Plato zu übergeben. In Wahr-heit handelte es sich bei dem, was Sokrates als 'musi-sche Tätigkeit' bezeichnete, um einen philosophischen Kommentar in Versform zu den Schriften des Astrono-men Timaios, die ihn in den Wochen vor seinem Tod beschäftigten."

„Was geschah später mit der Schriftrolle?"

„Sie wurde in der Akademie aufbewahrt bis zu deren Schließung im Jahr 529. Der letzte Scholarch Damas-

kios konnte die Bibliothek an den Hof des Perserkönigs retten, der ihm und sechs seiner Schüler Asyl gewährte, bevor sie sich unter seinem Schutz nach Byzanz zurückzogen. Dort blieben die Dokumente über 900 Jahre lang erhalten und gelangten nach der Eroberung Konstantinopels durch die Türken 1453 nach Florenz. Ficino erwähnt eine antike Originalhandschrift, deren Autor er nicht identifizieren kann, die er aber dem Umfeld Platons zuordnet. Anscheinend hatte er Schwierigkeiten, die Schrift zu entziffern - was mich nicht wundert, denn Sokrates war nicht versiert im Schreiben, als Sohn eines Handwerkers hat er sich das Alphabet erst spät selbst beigebracht, benutzte Groß- und Kleinbuchstaben durcheinander und nahm es überhaupt mit der Orthographie nicht so genau. Bevor Ficino den Text übersetzen konnte, verschwand die Rolle auf geheimnisvolle Weise aus seiner Bibliothek. Danach verliert sich ihre Spur, aber der Inhalt verbreitete sich unter der Hand. So wurden 1505 in Straßburg zwei Mönche öffentlich verbrannt, weil sie Abschriften aus einem ‚Sokratischen Zauberbuch' verbreitet hatten. Einer der beiden stand nachweislich in Kontakt zu einem jungen Augustinermönch in Erfurt namens Martin Luther...''

Das Taxi hält in Piräus am Mikrolimano, einem kleinen Hafen mit Segelyachten und Fischerbooten. Wir setzen uns in ein Café und bestellen etwas zu Trinken.

„Ein Blick auf die Ägäis gehört unbedingt zu einem Athenbesuch", meint der Professor, „außerdem spielt hier in Piräus der umfangreichsten und berühmteste platonische Dialog, ‚Der Staat'. Wo das Haus des Polemarchos stand, in dem das Gespräch stattfand, weiß man heute nicht mehr. Die gesamte Athener Schickeria traf sich dort an jenem Tag nach dem Ende des Panathenäen-Festzuges, bis zum Fackelrennen und der nächtlichen Abschlussfeier blieb genug Zeit zu diskutieren. Sokrates will eigentlich gleich nach Hause, aber dann lässt er sich dazu überreden, ins Haus zu kommen. In der Vorhalle führt er ein Gespräch mit dem Vater des Gastgebers über Altersbeschwerden und die Nützlichkeit oder Verzichtbarkeit eines großen Vermögens. Wir sind beim Lesen mitten unter den Leuten, schauen uns um, hören zu und werden in das philosophische Gespräch einbezogen. Den Eindruck von Gegenwärtigkeit ruft Plato auf trickreiche Weise hervor. Die meisten Dialoge sind Rahmenhandlungen, die ein Verwirrspiel von Ort und Zeit entfalten. Sokrates oder ein anderer Gesprächsteilnehmer erzählt im Nachhinein einem Freund, was sich an dem betreffenden Tag ereignet hat, manchmal erst viele Jahre später, einige dieser Gespräche finden erst lange nach Sokrates' Tod statt. Das Vorspiel verlegt das Geschehen in eine vielfach vermittelte Vergangenheit zurück, und gerade dadurch wird es so gegenwärtig, dass sich nicht nur die im Text auftretenden Zuhörer sondern auch wir Leser unmittelbar einbezogen fühlen. Wie in einer Zeitschleife werden zweitausendvierhundert Jahre einfach weggezaubert."

Der Professor bezahlt die Getränke, wir schlendern durch die Gassen der Hafenstadt. Am Pasa Limani bestaunen wir die Luxusyachten, wandern hinüber zum Kantharos-Hafen, wo die Fähren und Kreuzfahrtschiffe anlegen und gehen an der Kaimauer entlang. Wellen klatschen dagegen, wenn ein Schiff ausläuft, es riecht nach brackigem Meerwasser, Möwen segeln über uns weg. Ich spendiere eine Runde Eis. Am Mikrolimano wartet unser Fahrer und bringt uns nach Athen zurück. Bevor wir die Innenstadt erreichen, biegt er von der Piräus-Straße in eine schmale Seitenstraße ab, wir überqueren einen zwischen Betonwänden kanalisierten Wasserlauf, der kurz hinter der Brücke aus dem Untergrund auftaucht, und stoppen an einer großen, wer weiß wie alten Platane.

„*Genau hier*", sagt der Professor leise zu unserem Fahrer. „*Aber was heißt das schon? Können Orte dieselben sein nach tausenden von Jahren? Sokrates und Phaidros unter der Platane - erinnerst du dich?*"

„*Es war ein heißer Tag, Sokrates vertrat sich die Beine im Schatten der Platanen vor den Stadtmauern und kühlte seine Füße im seichten Wasser des Flüsschens Ilissos hier, als ihm Phaidros begegnete. Er war schwer verliebt in den hübschen Jungen und versuchte, ihn von seiner Schwärmerei für den Sophisten Lysias abzubringen, von dessen Vortrag er gerade kam.*"

„*Lysias, das alte Schlitzohr, der die Liebe zur Geschäftsbeziehung erklärte - er hätte Sokrates in diesem idiotischen Prozess auf jeden Fall rausgehauen.*"

„*Vielleicht wäre wirklich alles anders gelaufen, wenn der Alte noch ein paar Jahre gelebt und noch ein paar so explosive Sachen geschrieben hätte wie den Timaios-Kommentar.*"

„*Du meinst, Platon hat in seinem Timaios-Dialog wichtige Punkte unterschlagen?*"

„*Sokrates' Text war naturphilosophische Spekulation und zugleich eine Streitschrift. Er bringt den gesamten Kosmos in Stellung gegen die korrupte Athenische Elite, die sich in ihrer Hybris gegen seine Gesetze vergeht. Als letzter Beweis für den moralischen Niedergang Athens diente seine eigene Verurteilung. Man kann es in der 'Apologie' nachlesen: Sokrates hat sich mit Absicht um Kopf und Kragen geredet, indem er alle vor den Kopf stieß, einschließlich des mit seiner Verteidigung beauftragten Lysias.*"

„*Lysias war als Sokrates' Advokat bestellt? Der berühmteste Verteidigungsredner der Stadt?*"

„*Niemand hatte Interesse daran, dass Sokrates verurteilt wurde. Man wollte ihm einen Denkzettel verpassen, das schon, ihn vor Gericht bringen, damit er Angst bekam und aufhörte, die Stützen der Gesellschaft öffent-*

lich lächerlich zu machen. Trotz seiner gezielten Provokationen fehlten Sokrates am Ende nur 31 Stimmen zum Freispruch. Auch nach dem Urteil rechnete niemand damit, dass er tatsächlich hingerichtet würde, denn faktisch lief ein Todesurteil auf Verbannung hinaus, man gab dem Delinquenten Gelegenheit, sich zu verdrücken. Sokrates bestand aber darauf, zu bleiben und zu sterben, obwohl seine Schüler alles versuchten, ihn zur Flucht zu überreden. Aber zu fliehen hätte bedeutet, sich der Logik seiner Gegner zu beugen und die Philosophie zu verraten. Sein Tod war der Sieg über das profane Nützlichkeitsdenken. Nur der letzte Teil des Planes ging nicht auf."

„Worin bestand der?"

„Platon sollte seinen Text veröffentlichen, er war sein Vermächtnis. Statt dessen hielt er ihn unter Verschluss, schrieb seinen Timaios-Dialog, die weichgespülte Version, und teilte das geheime Wissen, das Sokrates' Verse enthielten, nur mit ein paar wenigen ausgewählten Schülern."

"Hältst du es für möglich, dass der Originaltext noch existiert?"

"Du glaubst, dass die Papyrusseiten, die du in dem Buch gesehen hast, Sokrates' Handschrift tragen? Denkbar wäre es..."

Die Zeitschleuse

Ich folge dem Professor und Mignon durch die belebten
Gassen der Plaka, ziehe mich ab und zu in Hauseingän-
ge und hinter Ladentüren zurück, damit sie mich nicht
entdecken. An einer Eckkneipe machen sie Halt und
setzen sie sich an einen freien Tisch im Schatten der
Markise. Nach kurzer Zeit tritt ein Mann an ihren Tisch,
Mignon springt auf, er hebt sie hoch, wirbelt sie herum,
sie hängt an seinem Hals, ich kann sehen, dass sie
weint. Dann setzt er das Mädchen wieder ab, die beiden
Männer umarmen sich, ihre Ähnlichkeit ist augenfällig,
kein Zweifel, sie sind Brüder. Ich habe einen strategisch
günstigen Beobachterposten auf der anderen Straßensei-
te bezogen, komme mir vor wie ein Voyeur, die Kellne-
rin bringt einen Eisbecher und zwei Ouzo, die Männer
prosten sich zu, und dann sehe ich, dass Mignon redet.
Sie spricht, als wäre es das Selbstverständlichste von
der Welt, dass ein stummes Mädchen plötzlich sprechen
kann, redet abwechselnd mit dem Professor und mit
ihrem Vater, schiebt sich zwischendurch gehäufte Löffel mit Eis und Schlagsahne in den Mund, lacht, wischt
sich Haarsträhnen aus dem Gesicht und Tränen aus den
Augen. Jetzt will ich wissen, worüber sie reden, sie sind
ins Gespräch vertieft und werden hoffentlich nicht merken, wenn ich mich an einen Nebentisch setze, aber
verstehen kann ich trotzdem nichts, denn sie sprechen in
einer Sprache, die ich nicht kenne, vielleicht Arabisch?
Zum ersten Mal höre ich Mignons Stimme, hell, klar
und zugleich fremd, weil sie in einer mir so fremden
Sprache redet, die anscheinend die einzige ihr zur Verfügung stehende Sprache ist. Nun widmet sie sich ganz
ihrem Eisbecher, der Professor und sein Bruder unterhalten sich leise, ich rücke etwas näher - und halte den
Atem an: sie sprechen Englisch! Vielleicht soll die

Kleine nicht mitbekommen, was sie sagen. Ich kann einigermaßen Englisch, trotzdem glaube ich erst einmal, dass ich sie falsch verstehe, denn sie reden über *Zeitschleusen*, und zwar so, als wäre es das Selbstverständlichste von der Welt, dass es so etwas wie Zeitschleusen tatsächlich gibt! Der Bruder des Professors ist Geologe, das schließe ich aus seinen Ausführungen über das Magnetfeld der Erde, tektonische Verschiebungen, Gesteinsformationen und Höhlensysteme. Er hat untersucht, wo und unter welchen Bedingungen sich Zeitschleusen öffnen können, vielleicht spinnt er ja nur einfach, aber der Professor hört ihm aufmerksam zu und schreibt in seinen Notizblock. Ich versuche zu verstehen, was ich höre.

Die beste Chance für ein Zeitloch besteht an einem Ort mit starkem Erdmagnetfeld, und zwar dann, wenn eine bestimmte kosmische Konstellation hinzukommt, zum Beispiel eine Sonnenfinsternis oder ein Venustransit. Bei einem solchen Ereignis stehen drei Himmelskörper in exakter Linie nebeneinander, was einen ‚Zeitstrudel‘ verursachen kann, so ähnlich, stelle ich mir vor, wie der Strudel, der im Wasser entsteht, wenn man die Badewanne ablaufen lässt. Ist man zur richtigen Zeit am richtigen Ort, kann man mit ein wenig Glück von dem Strudel in eine andere Zeit gesaugt werden, wobei das Schwierigste an dieser Aktion die genaue Peilung ist: geht es nach vorn in die Zukunft oder zurück in die Vergangenheit? Und wie weit will man kommen? Ins Kambrium oder zum Ende des zweiten Weltkrieges? Außerdem gibt es keine Rückfahrkarte.

Es scheint mir, als dienten die Ausführungen vor allem dem Zweck, den Professor von seinem Vorhaben abzubringen. Aber der lässt sich nicht beirren und will vor allem eines wissen: Wann und Wo! Nach vielem Hin und Her rückt sein Bruder endlich mit der Info heraus. Die größte Wahrscheinlichkeit für eine Zeitschleuse besteht während eines Venustransits, der sehr viel stärkere Gravitationswellen verursacht als eine Sonnenfinsternis. Ein Venustransit ist allerdings ein sehr seltenes Ereignis, in 130 Jahren finden nur zwei statt, und zwar abwechselnd nach einem kurzen Abstand von acht und einem langen Abstand von über hundert Jahren. Der letzte fand am 8. Juni 2004 statt, davor am 6. Dezember 1882, der nächste am 6. Juni dieses Jahres zwischen 7:20 Uhr und 13:23 Uhr MESZ, eine einmalige Gelegenheit, denn auf den übernächsten müssen wir wieder hundert Jahre warten. Der Professor hebt die Augenbrauen. Heute ist der 28. Mai, also in neun Tagen! Einer der Orte in Europa, wo die Bedingungen für eine Zeitschleuse am Besten sind, ist Delphi, und zwar genau dort, wo die Priesterin Pythia auf ihrem dreibeinigen Schemel saß und vermutlich durch einen kleinen Zeitspalt, der an diesem besonderen Ort immer offensteht, ihr Wissen über die Zukunft empfing. Der Professor nickt und notiert etwas. Dann legt sein Bruder Blätter mit Tabellen auf den Tisch, die beiden beugen sich darüber, anscheinend geht es um die zeitliche Feinjustierung, sie muss ziemlich kompliziert sein, der Professor fragt immer wieder nach, schüttelt ab und zu den Kopf, kaut an seinem Bleistift und scheint dann endlich zufrieden zu sein mit dem, was er erfahren hat. Er steckt die Tabellen ein, sein Bruder sagt jetzt auf Deutsch: „Du musst dich beeilen, es sind nur noch neun Tage! Wo könnte das Buch sein?"

"Professor Stein muss es irgendwo in Sicherheit gebracht haben, als er merkte, dass er verfolgt wurde. Zuerst dachte ich, er hat es in der Hütte versteckt, weil er sich dorthin zurückzog, wenn er an den Übersetzungen arbeitete, aber ich habe alles durchsucht, die Hütte, den Garten, außerdem seine Unterlagen im Archiv der Universität, nirgends eine Spur! Vielleicht hat er es an jemanden weitergegeben."

„Du musst es finden und an den richtigen Zeitpunkt der Geschichte zurückbringen! Der Venustransit ist unsere letzte Chance, in hundert Jahren wird es zu spät sein, wenn alles so weitergeht!"

„Aber was ist der richtige Zeitpunkt?"

„Das kann ich dir nicht sagen, ich bin Naturwissenschaftler, für Geistesgeschichte bin ich nicht zuständig. Das ist dein Fach!" Dann reden sie nur noch Arabisch, ich verdrücke mich, bevor sie mich entdecken, und erspare mir die Abschiedsszene.

Am Abend sitze ich an der Hotelbar, trinke abwechselnd Ouzo und Retsina und versuche, einen klaren Kopf zu bekommen. Klappt aber nicht. Irgendwann setzt sich der Professor neben mich, bestellt zwei Ouzo für uns und prostet mir zu. „Das Klare ist schwer zu ertragen", sage ich und stelle das leere Glas auf den Tresen, „aber im Moment stört mich vor allem, dass ich im Trüben fische."

„Sie saßen am Nebentisch und haben uns zugehört."

Der Professor lächelt und bestellt eine Karaffe Retsina.

„Arabisch verstehe ich nicht, aber mein Englisch ist ganz gut."

„Dann wissen Sie ja Bescheid." Will er mich auf den Arm nehmen? Ich schaue ihm in die Augen, um rauszufinden, was er wirklich denkt. Irgendwie sieht er jeden Tag jünger aus, seit wir in Athen sind, waren seine Haare nicht früher mal weiß? Und hatte er immer so phänomenal blaue Augen?

„Ich kann nicht wirklich behaupten, dass ich alles verstanden habe, aber ich versuche mal, auf die Reihe zu kriegen, was ich zu wissen glaube. *Erstens:* Sie sind nicht Professor Stein, dessen Name in der KdrV steht und dessen Familie auf dem Friedhof neben der Laubenkolonie liegt. *Zweitens:* Sie suchen nach einem Buch, einer Sammlung philosophischer Texte, die seit

Platons Tagen durch die Welt geistern und alles verändern könnten, beziehungsweise hätten verändern können, die aber auf geheimnisvolle Weise immer wieder von der Bildfläche verschwanden. *Drittens:* Sie hören dieselben Stimmen, die auch ich höre, seit mein Kopf an diesen Ast geknallt ist, und unterhalten sich mit Leuten, die schon lange tot sind."

„Viel mehr gibt es nicht zu wissen." Er schenkt uns Retsina ein. „Wir können übrigens Du sagen, nenn' mich einfach Phil."

„Ich heiße Lena", wir stoßen an, „aber das wissen Sie - das weißt du ja. Lass mich einfach mal weiter spinnen - es ist eine ziemlich abgedrehte Story, zugegeben, aber wenn ich sie so erzähle, kommt sie mir total plausibel vor, gewisse Annahmen natürlich vorausgesetzt. *Also:* wenn die philosophischen Gedanken, von denen diese Texte handeln, sich durchgesetzt hätten, wäre die Geschichte völlig anders verlaufen, die Menschheit hätte sich anders entwickelt und wir stünden heute nicht kurz davor, unseren Planeten an die Wand zu fahren. Leider gab es zu allen Zeiten Leute, die verhindern wollten, dass diese Gedanken sich verbreiten, denn sie standen ihren Interessen im Weg. Die Blätter mit den Aufzeichnungen wurden gestohlen und verschwanden in den Archiven der Mächtigen und den Giftschränken der Klosterbibliotheken. Irgend jemand hat sie irgendwann zusammengetragen, vielleicht um sie zu vernichten, oder um sie für die Nachwelt zu retten. Als Hannah Arendt das Konvolut zu einem Buch binden ließ, war es ein Kompendium verbotener, verfolgter, verfemter Weisheit, eine Anleitung für den anderen, den geistigen Weg der Menschheit, eine Schule des richtigen Lebens." Der Retsina kühlt meine vom Ouzo und vom Reden brennende Kehle, ich nehme noch einen Schluck. Allmählich sehe ich klar. „*Fazit:* dieses Buch muss an einen Punkt der Geschichte zurückversetzt werden, an dem es seine Wirkung entfalten kann. Du hast also vor, falls du es rechtzeitig findest, mit dem Buch am 6. Juni in Delphi durch die Zeitschleuse zu verschwinden, um mit Aristoteles die Informationen der elektromagnetischen Wellen zu entschlüsseln und im Buch der Natur zu lesen, mit Karl dem Großen und Alkuin über die Identität von Gott und Natur zu disputieren, mit Marsilio Ficino die Existenz des kosmogonischen Eros naturwissenschaftlich zu begründen oder mit Horkheimer und Adorno die Dialektik der Aufklärung neu zu schreiben. Du wirst die Menschheit auf den richtigen Weg bringen und die Welt retten - aber - wir werden uns nie wieder sehen!"

Die Hotelbar gerät ins Schwanken, ich rutsche von meinem Barhocker, Phil hält mich fest, seine Augen sind Zeitschleusen, sie beamen mich zurück in die Schule, ich bin vierzehn und verliebt in einen Jungen mit phänomenal blauen Augen...

Am nächsten Morgen wache ich in Phils Bett auf. Der Wecker auf dem Nachttisch zeigt 09.25. Ich springe auf als hätte ich auf Nesseln gelegen. Erster Gedanke: was denken die Kinder von mir! Zweiter Gedanke: was war eigentlich? Filmriss. Na, egal. Oder nein, überhaupt nicht egal, meinem Gefühl nach zu urteilen ...

Schnell unter die Dusche, anziehen und runter. In der Eingangshalle kommt mir Dora entgegen. „Ich muss sofort nach Hause", sagt sie und kämpft mit den Tränen, „Vater hatte einen Autounfall und liegt im Krankenhaus, Niki hat angerufen, er ist völlig durch den Wind! Die Sache mit dem Bauprojekt auf dem Gelände der Laubenpieper schlägt hohe Wellen, das Video von der Geldübergabe ist auf YouTube aufgetaucht, wahrscheinlich hat Joker es reingestellt, der Baudezernent wurde geschasst und Dad aus der Firma geschmissen. Er hat sich eine Flasche Wodka reingezogen, sich ins Auto

gesetzt und versucht, sich umzubringen, zum Glück
ohne Erfolg, genau wie alles andere, was er in seinem
Leben gemacht hat. Das habt ihr nun geschafft mit eu-
rem idiotischen Detektivspiel, alles ist kaputt, unser
Leben ist voll im Eimer, und ich sitze hier fest und kann
nichts machen!" Sie lässt mich stehen und tippt hektisch
etwas in ihr Smartphone. Ich versuche, der netten Dame an der Rezeption auf Englisch zu erklären, dass wir
heute noch zurück fliegen wollen, vor Aufregung fallen
mir nicht mal die einfachsten Vokabeln ein, in meinem
Kopf dreht sich alles, ich fühle mich schuldig an dem,
was passiert ist, irgendwie habe ich nicht damit gerechnet, dass der spannende kleine Krimi, in dem ich mit-
spielen durfte, reale Konsequenzen haben könnte, es
war etwa so, wie wenn man „Tatort" mal nicht im Fern-
sehen schaut sondern mittendrin ist, auf der Seite der
Guten natürlich, und dann läuft alles aus dem Ruder.
Plötzlich steht Phil neben mir. „Was ist los?" In Stich-
worten schildere ich ihm die Lage. „Geht schon mal ins
Zimmer und packt eure Sachen zusammen, ich regle das
hier." Ich winke Dora, nehme Mignon an die Hand,
schweigend stehen wir im Aufzug, der in Zeitlupe nach
oben schaukelt, schweigend packen wir unsere Koffer.
Als wir wieder in die Halle kommen steht unser Taxi
draußen, in einer Stunde geht der Flug. Unser Taxifahrer bringt uns in griechischem Tempo zum Flughafen,
dann sitzen wir im Flieger, Phil neben mir, am liebsten
würde ich mich an seine Schulter lehnen, traue mich
aber nicht. Als wir abheben spüre ich seine Hand auf
meiner und werde ganz ruhig. Die Stadt zieht sich unter
uns wieder zu Seestern-Größe zusammen. Nach einer
Weile schlafe ich ein und wache erst vom Holpern bei
der Landung wieder auf.
Am Flughafen warten Karla und Niki, Dora verschwindet mit ihnen ohne sich noch mal nach uns umzudrehen.
Wir fahren mit dem Bus in die Stadt. An der Haltestelle

verabschiedet sich Phil von uns, plötzlich ist er wieder der Professor, so als wäre nichts passiert, nur dass er mir zuzwinkert, bevor er in Richtung Friedhof davongeht. Ich liefere Mignon bei ihrer Mutter ab, schließe die Wohnungstür hinter mir und fühle mich so allein wie noch nie in meinem Leben, lasse mich auf Manni fallen, schlinge die Arme um seinen nicht vorhandenen Hals und heule.

Das Buch

Mitten in der Nacht klopft jemand an meine Tür, Mignons Mutter steht draußen. „Ich weiß nicht, was mit ihr los ist, wie es aussieht hat sie schlimme Bauchschmerzen, aber sie sagt ja nichts..." Ich denke an die kleine helle Stimme, die ich in der Altstadt von Athen gehört habe, aber das bleibt mein Geheimnis. Mignon liegt im Bett und krümmt sich vor Schmerzen. Ich lege die Hand auf ihre Stirn, sie ist heiß, hohes Fieber. „Besser wir rufen den Notarzt." Zum zweiten Mal wähle ich in dieser Wohnung die Notrufnummer, eine Viertelstunde später sitzen wir im Krankenwagen neben Mignon, sie hat ein Schmerzmittel bekommen und liegt ganz ruhig auf der Trage. Akute Blinddarmentzündung, sie muss sofort operiert werden. Die Flure in der Klinik sind leer, wir sitzen in einer Ecke und warten, die Neonröhren summen, ab und zu kommt eine Schwester vorbei, die nichts weiß, und ich weiß nicht, worüber ich mit Mignons Mutter reden soll.

„Mignon ist nicht meine Tochter." Der Satz fällt in die Stille wie ein Stein ins Wasser und löst heftige Irritationswellen in meinem Gehirn aus.

„Mein Mann Stefan hat sie mitgebracht, als er aus dem Irak nach Deutschland floh, aber sie ist auch nicht sein Kind, sie ist seine Nichte, die Tochter seines Bruders. Die Familie lebte in Bagdad, der Vater war Professor an der Uni, Archäologe oder so was, er wurde im Sommer 2003 von Terroristen ermordet, Stefans Bruder Philipp und seine Frau wurden in derselben Nacht in ihrem Haus überfallen und verschleppt. Stefan hat alles versucht, um sie zu finden, vergeblich. Das Kind wurde in der Wohnung zurückgelassen, er hat sich um die Kleine gekümmert, und als er ein Jahr später auch fliehen musste nahm er sie mit. Wir lernten uns in Berlin kennen und haben geheiratet, damit er mit Mignon in Deutschland bleiben konnte. Stefan hat aber dann keine richtige Arbeit bekommen, er ist Geologe und musste sich mit irgendwelchen Hilfsjobs durchschlagen, deshalb wollte er nicht hier bleiben. Ja, so bin ich Mignons Mutter geworden. Sie hat nach dem Überfall damals aufgehört zu sprechen, sie war ja erst zwei Jahre alt, als es passierte, aber sie muss doch etwas mitbekommen haben - oh, ich glaube, da kommt der Arzt!" Sie springt auf und läuft ihm entgegen, alles ist gut gegangen, Mignon liegt im Aufwachraum. Es ist vier Uhr morgens, Mignons Mutter will in der Klinik bleiben, also fahre ich allein mit dem Bus nach Hause. Mir ist ganz schwindlig von dem Versuch, die neuen Infos zu verarbeiten, aber nichts passt zusammen. Oder doch, es ist eigentlich ganz einfach: Phil ist der verschollene Bruder und Mignons Vater! Bevor ich wirklich kapiere, was das bedeutet, werden meine Gedanken von Feuerwehrsirenen unterbrochen, ein Einsatzfahrzeug überholt uns, dann noch eines. In der Morgendämmerung erkenne ich eine Qualmwolke, etwa in Richtung der Laubenkolonie, steige beim Friedhof aus und laufe, renne, es riecht nach Rauch, schon von Weitem sehe ich die Flammen, Funken wirbeln in den Himmel, die Gartenhäuser brennen, eine große Kiefer hat Feuer gefangen und lodert wie eine Fackel, am Tor stehen ein paar Frühaufsteher und beobachten das Spektakel, die Feuerwehrleute scheuchen sie auseinander, ich dränge mich durch und sehe, was ich befürchtet habe, auch Phils Hütte steht in Flammen.

„Da drin wohnt jemand!" schreie ich einem Feuerwehrmann zu, anscheinend ist es der Einsatzleiter.

„Was sagen Sie? Quatsch, hier wohnt keiner!"

„Doch, da drin", rufe ich verzweifelt und zeige auf die brennende Hütte, „ich weiß es genau!" Er gibt per Sprechfunk Anweisung, eine Löschfontäne richtet sich auf das brennende Dach, nach kurzer Zeit ist von der Laube, in der ich zum ersten Mal etwas über Schelling und Hegel und die platonische Weltseele hörte, nur noch ein Haufen verkohlter, qualmender Balken übrig. Ich will hinrennen, aber sie halten mich fest. Nach einer Weile kommt der Einsatzleiter zurück mit mürrischem Gesicht, „wie ich gesagt habe, da ist keiner und da war auch keiner, nur ein bisschen verbranntes Gerümpel, keine Spur von einem Bewohner. Und jetzt verschwinden Sie hier, damit wir unsere Arbeit machen können."

Ich bin erleichtert, dass Phil nichts passiert ist, er hat wohl das Feuer rechtzeitig bemerkt und sich in Sicherheit gebracht. Aber seltsam, anscheinend gibt es keine Spur von den Büchern! „Bibliotheken pflegen eindrucksvoll in Flammen aufzugehen", sagte Joker am Abend des Sommerfestes, aber Bücher brauchen ziemlich lang um rückstandslos zu verbrennen. Konnte er in der kurzen Zeit zwischen unserer Ankunft und dem Ausbruch des Feuers die Regale ausräumen? Unwahrscheinlich, und außerdem, warum sollte er das tun? Er konnte ja nicht ahnen, was passieren würde. „Sieht nach Brandstiftung aus", höre ich einen der Feuerwehrleute sagen, „da drüben haben wir Brandbeschleuniger sichergestellt", er zeigt auf Phils Hütte, „vielleicht hat es mit dem Bauskandal zu tun..."

Hat Joker die Bücher weggeschafft, bevor er das Video auf YouTube stellte und damit die Sache ins Rollen brachte? Es war ihm wohl klar, dass mit den Leuten nicht zu spaßen ist, die hinter dem Buch her sind - plötzlich habe ich Angst. Wo ist Phil? Haben die ihn am Ende erwischt und mitgenommen, bevor sie die Hütte anzündeten? Und wer sind überhaupt „die"? Die gesamte IT-Branche wird hinter dem Buch her sein, vermutete Joker, und Phil fürchtete, es könnten noch ganz andere Leute Interesse daran haben. Wen meinte er damit?

Ich warte, bis die Feuerwehr weg ist und die Gaffer sich verzogen haben. Das Gelände ist mit rot-weißem Band abgesperrt, der Zaun wurde an ein paar Stellen von den Löschfahrzeugen plattgefahren. Ich schlüpfe unter dem Band durch, der Boden ist aufgeweicht vom Löschwasser, es riecht verbrannt. Fünf Gartenhäuser sind niedergebrannt, das Feuer breitete sich von Phils Hütte aus. Mitten im Garten liegt die Bank, auf der wir gesessen haben, halb verkohlt, wahrscheinlich vom Löschstrahl dorthin befördert. Vorsichtig trete ich zwischen die qualmenden Trümmer. Der Feuerwehrmann hatte recht, keine Spur, dass hier jemand gewohnt hat. Da liegen die Reste des Kanonenofens, dort drüben ein paar Metallstangen vom Feldbett. Was ich suche, sind die Bücher, oder was davon übrig sein müsste, Ledereinbände, dicht gepresstes Papier, vom Löschwasser durchweicht, es müsste noch was zu finden sein, aber ich sehe nichts, kein einziges verkohltes oder angekokeltes Buch. Also hat Joker tatsächlich die Bibliothek vor dem Brand weggeschafft. Oder die Brandstifter haben sie mitgenommen, weil sie das gesuchte Buch darunter vermuteten. Am Ende könnte sogar Joker selbst den Brand gelegt haben, um von Phil abzulenken, denn sie sind hinter ihm her, weil sie glauben, er hätte das Buch, so viel ist mir jetzt klar. Wer auch immer Jagd auf Phil und dieses Buch macht, soll glauben, es sei verbrannt und sein Besitzer verschwunden. Hoffentlich geht diese Rechnung auf und sie lassen Phil in Ruhe.
Und dann finde ich doch noch ein Buch, es hängt in einem Strauch wie ein toter Vogel, feucht und an den Ecken angebrannt. Ich ziehe es heraus und mache, dass ich wegkomme.

Vor der Haustür sitzt Joker, der vierbeinige, springt an mir hoch und leckt mir das Gesicht ab. Ich schließe daraus, dass der zweibeinige Joker sich abgesetzt hat, wahrscheinlich zusammen mit Phil. Also habe ich jetzt einen Hund. Er schaut mich an und grinst, als könnte er Gedanken lesen. Ob es erlaubt ist, in meiner Wohnung einen Hund zu halten, weiß ich nicht und habe auch nicht vor, jemanden zu fragen. Mignons Mutter hat mir einen Schlüssel zu ihrer Wohnung gegeben, das heißt, ich kann telefonieren. Dora ist nicht zu erreichen, ich spreche auf ihre Mailbox, verabrede einseitig, mich morgen mit ihr zu treffen, mehr kann ich im Moment nicht tun. Dann verschanze ich mich in meiner Bude und lege das Buch auf meinen Schreibtisch, ein dicker, großformatiger Wälzer, in schwarzes Leder gebunden, er riecht nach Rauch und feuchtem Papier, ich schlage ihn behutsam auf und blättere darin. Am Anfang einige mit mechanischer Schreibmaschine getippte Texte in verschiedenen Sprachen, dann nur noch Handgeschriebenes auf unterschiedlichen Papieren, dazwischen lose eingelegte Zettel, die ich sorgfältig wieder zwischen die Seiten schiebe. Ich bleibe hängen an der Überschrift *„tractatus physiko-mystikus"*, eine zarte, in kalligrafischer Handschrift verfasste Hymne an die göttliche Natur, ich habe nicht die Geduld, alles zu lesen, auf dem letzten Blatt die Signatur L.W. Und dann stoße ich auf eine physikalische Abhandlung mit Formeln und Gleichungen: *„H. Hertz 1892: Über die Auswertung natürlicher Informationen auf elektromagnetischen Trägerfrequenzen"*. Etwa in der Mitte des Bandes vier Seiten mit Rotweinflecken, *„Notizen zu einer poetischen Philosophie, Frankfurt am Main im Juni 1794"*. Mir bricht der Schweiß aus, mit zitternden Händen blättere ich weiter. Zeichnungen verschiedener Phasen der Drehung einer Münze mit Berechnungen des Drehmoments, auf der Rückseite Notizen in lateinischer Sprache unter der Überschrift *„Deus sive natura"*. Weiter hinten fünf Seiten in arabischer Schrift. Zuletzt auf vergilbtem, brüchigem Papyrus griechische

Buchstaben. *Sokrates' Handschrift!* Mein Herz gerät aus dem Takt. „Joker, ich habe es gefunden", schreie ich, der Hund fährt zusammen, „das Buch! Ich habe das Buch gefunden!!"

Was jetzt? Keine Panik, ich muss cool bleiben und ganz genau überlegen, was zu tun ist. Am 6. Juni während des Venusdurchgangs, hat Phils Bruder gesagt, in Delphi, dem Ort, an dem sich mit der höchsten Wahrscheinlichkeit eine Zeitschleuse öffnet. Die letzte Chance um die Welt zu retten für die nächsten hundert Jahre. Ich muss mit dem Buch dorthin, auch wenn ich Phil nicht vorher finde, in diesem Fall muss ich in die Zeitschleuse - nein, lieber nicht dran denken. Am liebsten wäre mir, wir gingen zusammen - vielleicht wird er ja dort sein, auch ohne das Buch, vielleicht hofft er, dass ich es finde - jetzt endlich verstehe ich, was die Stimme gemeint hat, die ich damals im Krankenhaus hörte:

„Sie wird zur richtigen Zeit am richtigen Ort sein."

In der Nacht schlägt Joker an. Ich höre, wie sich jemand an meiner Tür zu schaffen macht, der Hund springt von Manni runter und bellt wie wild, draußen Schritte, die sich schnell entfernen. Ich kann nicht mehr schlafen, kurz vor der Morgendämmerung bilde ich mir ein, Geräusche auf dem Balkon zu hören, dieses Mal wacht Joker nicht auf. Ich bin froh, als es hell wird, und sehe, dass die Blumen in einem meiner Eternitkästen abgeknickt sind, jemand muss hochgeklettert sein, um einen Blick durch mein Fenster zu werfen. Ich bekomme Angst. Mignons Mutter schläft noch immer im Krankenhaus, ich fühle mich plötzlich sehr alleine hier oben. Von ihrer Wohnung aus rufe ich Frieda an, sie weiß erst mal nicht, wer ich bin, habe mich lange nicht mehr bei ihr gemeldet, aber dann sagt sie sofort: „Komm her, du kannst bei mir wohnen." Hastig packe ich ein paar Klamotten in meinen alten Rucksack, lege das Buch dazwischen und verlasse mit Joker fluchtartig das Haus. Unterwegs schaue ich mich immer wieder um, weil ich mir einbilde, jemand verfolgt uns, aber Joker wittert keine Gefahr, und als ich im voll besetzten Bus sitze, werde ich langsam ruhiger.

Am nächsten Morgen stehe ich am verabredeten Treffpunkt, viel zu früh, und warte auf Dora. Der Hund sitzt brav neben mir, in meinem Rucksack liegt schwer das Buch. Am Kiosk kaufe ich eine Zeitung und blättere sie durch. „Brand in der Laubenkolonie. Alles deutet auf Brandstiftung hin, vermutlich in Zusammenhang mit der vor Kurzem aufgedeckten Korruptionsaffäre im Bauamt. Fünf Gartenhäuser brannten völlig nieder, zum Glück wurde niemand verletzt. Das Gerücht, in einer der Lauben habe ein Obdachloser übernachtet, bestätigte sich nicht."

„Ist Joker abgehauen?" Dora steht neben mir und streichelt Joker. Ich zeige ihr den Artikel.

„Und der Professor? Was wird jetzt aus ihm?"

„Phil ist auch verschwunden. Ich denke, er war nicht - na ja, nicht ganz der, für den wir ihn gehalten haben."

„Ja, die Idee hatte ich auch schon. Im Grunde wussten wir ja gar nichts von ihm. Schade, ich vermisse immer noch unsere Gespräche. Und seine Bücher? Die sind sicher verbrannt."

„Seltsamerweise war die Hütte leer, es war keine Spur von verbrannten Büchern zu sehen. Jemand muss sie vorher weggeschafft haben."

„Du warst nach dem Brand noch mal da? Cool! Aber das ist wirklich merkwürdig, wer sollte sich für die Bücher des Professors interessieren? Warte mal..." Sie wählt eine Nummer mit dem Handy, erreicht aber niemanden. Dann tippt sie eine SMS. „Joker hat sein Handy abgestellt, das passt gar nicht zu ihm. Ich werde weiter versuchen, ihn zu erreichen."

„Wir geht es deinem Dad?"

„Er ist über den Berg. Es war ziemlich schlimm, wir waren nicht sicher, ob er es schafft. Heute Morgen ist er aus dem Koma aufgewacht, die Ärzte sagen, er wird wieder o.k. Ich muss jetzt ins Krankenhaus. Soll ich ihn von dir grüßen?"

„Ja, ich wünsche ihm gute Besserung. Vielleicht besuche ich ihn. Wir bleiben in Kontakt, wenn ich was erfahre, rufe ich dich an." Ich schreibe Friedas Nummer auf einen Zettel. „Sag mir Bescheid, wenn du was von Joker hörst."

Einen Moment überlege ich, ob ich sie einweihen soll, aber ich will sie nicht in diese Sache hineinziehen, es ist zu gefährlich. Als sie in den Bus steigt und zwischen den Leuten verschwindet werde ich mutlos. Ich hatte gehofft, sie könnte Joker erreichen und ich würde erfahren, wo Phil steckt. Nun bin ich auf mich selbst angewiesen. Joker schaut mich an, dann springt er an mir hoch und bellt: los, du hast keine Zeit dich hängen zu lassen! Wie recht er hat! Eine Viertelstunde später halte ich ein Ticket nach Athen in der Hand. Dann erstehe ich einen USB-Stick, 32 MB, das müsste reichen, und eine kleine preiswerte Digitalkamera. Der Verkäufer wünscht mir schönen Urlaub. Ich nehme den Umweg über die Laubenkolonie, noch immer hängt ein brenzliger Geruch in der Luft, auf dem Parkplatz ein paar Autos, jemand hat das rot-weiße Absperrband durchgeschnitten, das Tor steht einen Spalt breit offen. Auf dem Friedhof komme ich am Grab der Familie Stein vorbei, schiebe ein wenig das Efeu beiseite und erschrecke: Gregor Stein 14.03.1957 - 15.8.2007 steht unter den Namen seiner Frau und seiner Tochter, dasselbe Todesdatum. Ich weiß ja, dass Phil nicht Professor Stein ist, aber dieser dreifache Tod schockiert mich, was ist damals passiert? Ein Unfall, oder - ein Mord?

Auf der Treppe im obersten Stockwerk wird Joker plötzlich unruhig, dann knurrt er mit aufgestelltem Nackenfell - die Tür zu meiner Wohnung ist aufgebrochen, drinnen herrscht Chaos, es sieht aus wie nach einem Schneegestöber, und dann sehe ich den Grund: Manni! Sie haben ihn aufgeschlitzt und seinen Inhalt im Zimmer verstreut! Auch meine Matratze ist aufgeschnitten, der Schrank durchwühlt, alle Schubladen rausgezogen und durchsucht, ganze Arbeit! Zum Glück steht der Mac unversehrt auf dem Tisch. Sie haben keine Daten gesucht, sondern ein ganz und gar gegenständliches, gewichtiges, uraltes Buch!

Der Computer erwacht mit dem vertrauten Laut, ein YouTube-Fenster öffnet sich, ich starte das Video - Joker grinst ins Kameraauge seines Smartphones. Er sitzt in einer Flugzeugkabine, neben ihm Phil, in ein Buch vertieft, er schaut kurz hoch und zwinkert mir zu. Im Bild erscheint die Bordkarte, Datum 30. Mai. Dann Zoom aufs Fenster, unten liegt der weiße Seestern, Athen kommt näher, Häuser und Straßen werden sichtbar - aber was passiert jetzt? Ist das eine Computeranimation? Oder die Aufzeichnung der elektromagnetischen Wellen, von denen Heinrich Hertz sprach? Der Seestern schmilzt zusammen bis auf eine Siedlung um die Akropolis, oben der Parthenon mit unversehrtem Dach und vollständigem Fries. Die Agora ist kein Park mit Mauerresten, sondern das Zentrum der Stadt. Die Kamera nähert sich eine Gruppe von Männern und Frauen, die diskutierend mitten auf dem Platz stehen, wir umkreisen sie, ich kann die Gesichter erkennen, in der Mitte Phil - oder Sokrates? Neben ihm sein Freund Kriton, unser Taxifahrer. Er sagt etwas zu einer jungen Frau, die dreht sich um, Dora, und nun mischt sich ein Junge ins Gespräch, macht einen Scherz, alle lachen, am lautesten Sokrates, Joker ist zufrieden mit seinem Erfolg. Am Rand der Gruppe steht eine ältere Frau, Sokrates fragt sie etwas, zieht sie in die Mitte des Kreises, sie zögert, überlegt, dann antwortet sie ihm, ich sehe ihr Gesicht, erkenne es zuerst nicht, aber es ist mir seltsam vertraut, viel vertrauter als alle anderen, sie ist - es ist - ja, kein Zweifel, das bin *ich*!

Plötzlich verwischt das Bild, wird streifig und undeutlich, die Übertragung aus der Vergangenheit ist gestört, es erscheint wieder der Seestern, dann zoomt die Kamera in die Zukunft, der Seestern bläht sich auf, nimmt immer mehr Raum ein, riesige Gebäude entstehen in seinem Innern, an den Rändern wuchern Favelas, dann plötzlich eine Explosion, schwarzer Rauch über der Akropolis, als er sich verzieht gibt er den Blick frei auf ein Trümmerfeld, keine Spur mehr vom schönsten Bauwerk der Welt.

Delphi

Am vierten Juni um 9 Uhr 34 landet das Flugzeug in Athen. Ich nehme ein Taxi - leider nicht unser Fahrer - und lasse mich in unser Hotel bringen. Phils Zimmer ist frei. Ich verstecke das Buch unter dem Kleiderschrank, etwas Besseres fällt mir nicht ein. Dann fahre ich mit dem klapprigen Lift hinunter, setze mich an die Bar, bestelle ein Bier und schreibe auf, was ich in den letzten beiden Tagen herausgefunden habe.

1. Professor Stein und seine Familie kamen einem Zeitungsartikel vom 16. 08. 2007 zufolge bei einem Autounfall ums Leben. Laut Zeugenaussagen war ein weiteres Fahrzeug in den Unfall verwickelt, der Fahrer konnte jedoch nicht ermittelt werden.

2. Im Uni-Jahrbuch von 2003 fand ich einen Bericht über den Besuch einer Studentengruppe in der Universität von Bagdad, auf dem Foto Phil und sein Vater zusammen mit einem sportlichen Endvierziger, der freundlich in die Kamera lächelt, Professor Stein. Hat Phils Vater ihm bei diesem Besuch das Buch anvertraut, weil die Situation im Irak sich zuspitzte?

3. Ein Anruf beim Kleingärtnerverein ergab, dass der Pachtvertrag für Phils Garten noch immer auf Professor Stein läuft, die Pacht wird pünktlich überwiesen.

4. Aufschlussreich war ein Besuch in der Klinik bei meinem alten Freund Olli. Er war wie umgewandelt, grinste zufrieden unter seinem Kopfverband, ich vermute, sie geben ihm Opiate, aber egal. „Etwas Besseres als der Unfall konnte mir gar nicht passieren! Endlich werde ich mich von Karla trennen, oder sie sich von mir, egal. Ich fange noch mal ganz neu an, kann bei einem Freund in seiner Gärtnerei arbeiten, wenn ich wieder einigermaßen fit bin. Dora hat recht, warum soll man sein Leben damit verbringen, dem Geld hinterher zu

rennen, es gibt wichtigere Sachen." Ich musste ein bisschen nachbohren, bevor er bereit war, sich an die Korruptionsaffäre zu erinnern, „das war in einem anderen Leben", aber dann rückte er doch mit der Info heraus, hinter dem Immobilieninvestor, der die Kleingartengrundstücke kaufen wollte, sei ein amerikanischer IT-Konzern gestanden. Sie hätten unverhältnismäßig viel Geld geboten, aber warum sie an dem Grundstück so stark interessiert waren, sei ihm nicht klar geworden. Als ob sie dort eine Ölquelle oder seltene Erden vermutet hätten. „Sie sind inzwischen vom Kauf zurückgetreten, hat mein Ex-Chef mir verraten. Die Laubenpieper brauchen sich keine Sorgen mehr zu machen."

Die junge Frau an der Hotelrezeption erinnert sich an unsere überstürzte Abreise vor einer Woche und freut sich, dass ich meinen unterbrochenen Urlaub fortsetzen will, jetzt ohne Familie. Sie bucht für mich eine Fahrt nach Delphi am 6. Juni, der Bus holt mich um zehn Uhr am Hotel ab, die Fahrt dauert etwa zwei Stunden, ein Zwischenstopp ist eingeplant, also komme ich zwischen zwölf und eins in Delphi an, der Venustransit dauert bis halb zwei, und da Phil nicht im Kambrium landen will sondern innerhalb der letzten 2500 Jahre, muss er die Schleuse ziemlich am Ende des Zeitfensters nehmen, oder wie nennt man das bei einem so ungewöhnlichen Transportmittel? Ich habe also einen ganzen Tag in Athen.
Erst mal schlafe ich lang, dann frühstücke ich ausgiebig. Eine große Ruhe kommt über mich, wie vor dem letzten Gefecht. Ich schlendere durch die Plaka, esse einen Eisbecher in dem Café, wo Phil seinen Bruder traf, sehe mir das Akropolismuseum an, steige hoch zum Parthenon, das Schreckensbild vom Video noch vor Augen, mache Fotos mit meiner neuen Kamera wie eine ganz normale Urlauberin, setze mich bei Sonnenunter-

gang in eine gemütliche Kneipe und bestelle einen Retsina und eine gemischte Vorspeisenplatte. Später noch ein Retsina an der Hotelbar, der Barkeeper begrüßt mich freundlich, oh je, hoffentlich erinnert er sich *nicht* an mich! Mit der nötigen Bettschwere lege ich mich in Phils Bett und schlafe tief und traumlos.

Der Bus, ein bejahrtes Gefährt mit abgewetzten Sitzen und ohne Toilette, ist voll besetzt mit alten Paaren, ich höre Holländisch, Amerikanisch, Deutsch, zum Glück ist ein einzelner Sitz neben der Tür frei, ich klemme den Rucksack mit dem Buch zwischen meine Knie und atme tief durch. Der Reiseleiter spricht Englisch, erzählt vom Venusdurchgang und verteilt Schutzbrillen an die Fahrgäste. Wir fahren auf der Landstraße durch wunderschöne Landschaft, aber ich kann den Ausblick nicht genießen, sitze auf Kohlen und schaue alle paar Minuten auf die Uhr. Um zwölf Uhr Zwischenstopp in Livádia, Essen in einem Touri-Lokal ist vorbestellt, ich habe keinen Appetit, aber die anderen lassen sich endlos Zeit. Kurz vor Eins sitzen wir wieder im Bus, aber Bier und Retsina tun bald ihre Wirkung, der Fahrer macht Halt an einer Tankstelle, lange Warteschlange vor der Toilette. Das kann nicht sein, dass die Weltrettung an den schwachen Blasen einer Touristengruppe scheitert! Ich muss mir was einfallen lassen, vielleicht per Anhalter weiterfahren! Und dann geschieht das Wunder: *Hermes* schwebt auf einem Motorrad heran, schwarze Ledermontur, schwarzer Helm mit silbernen Flügeln, er hält an einer Tanksäule, steigt ab, legt den Helm auf den Sattel und tankt voll. Dann meldet sich anscheinend sein Handy, er entfernt sich ein paar Schritte von seiner Maschine - der Zündschlüssel steckt - das ist meine Chance! Karsten hat mir vor Jahren das Motorradfahren beigebracht, den Führerschein habe ich natürlich nie gemacht - ich schultere den Rucksack, *Hermes* ist mit

Telefonieren beschäftigt, schaut nicht herüber - nur die Rettung des Planeten rechtfertigt was ich tue, ich setze den Helm auf, er verleiht mir Flügel, drehe den Zündschlüssel, der Motor heult auf, *Hermes* fährt herum, sein Unterkiefer klappt runter - das Ding hat verdammt viel Power, aber ich kriege es in den Griff, drehe auf und verschwinde aus dem Blickfeld seines Besitzers, der sicher gleich die Polizei ruft. Eine halbe Stunde später treffe ich in Delphi ein, meide den offiziellen Parkplatz und fahre auf Schleichwegen hoch bis zum Apollontempel. Dort verstecke ich die Maschine im Gebüsch. Joker sitzt oberhalb des Tempels auf einem Stein, den Kopf in die Hände gestützt, und betrachtet nachdenklich den Touristenrummel. Als er mich sieht, grinst er.

„Du hast es also geschafft. Respekt. Und das Buch?"
Ich öffne den Rucksack.

„Wo ist Phil? Wir haben nicht mehr viel Zeit!" Ich zeige nach oben, wo die Venus grade am Rand der Sonnenscheibe angekommen sein muss.

„Der Professor ist verschwunden."

„Was soll das heißen, verschwunden!"

„Such' es dir raus, in der Zeitschleuse? In der Menschenmenge? Wir sind mit einem Touri-Bus hergefahren, er war überzeugt, du würdest es rechtzeitig schaffen und das Buch mitbringen, wir haben uns getrennt, um dich abzupassen ..."

„Ja und, ich bin hier, der Venustransit ist noch nicht vorbei, ich habe das Buch ..."

„... und Phil hat sich vom Acker gemacht!" Joker zuckt mit den Achseln. „Ganz ehrlich, ich glaube sowieso nicht an Zeitschleusen und solchen Quatsch, was ich wirklich glaube, ist - alter Schwede, schau mal da runter!" Er zeigt zur Straße, die sich in Serpentinen den Berg hoch windet. Drei schwarze SUVs nähern sich in unerlaubter Geschwindigkeit dem Parkplatz. „Das sieht nicht gut aus!" Wir rennen los, ich ziehe das Motorrad zwischen den Büschen heraus - „Das glaube ich jetzt nicht - wo hast du *die* her?"

„Ist doch egal. Kannst du sie fahren? Ich bin nicht wirklich gut darin ..."

Als wir im Schutz von Steineichen am Parkplatz vorbeirollen, springen bewaffnete schwarz gekleidete Männer mit Gesichtsmasken aus den schwarzen SUVs und laufen den Weg zum Apollontempel hoch. Unten auf der Straße startet Joker die Maschine und gibt Gas. Eine Kolonne Polizeiwagen kommen uns entgegen und rasen mit Blaulicht und heulenden Sirenen an uns vorbei, zum Glück sind sie nicht hinter uns her, sondern auf dem Weg nach Delphi. Bei Thiva biegen wir von der Landstraße ab und fahren auf die Autobahn, ich bin schon fast erleichtert, wir haben es geschafft! Zwei Stunden später sind wir in Athen, lassen das Motorrad am Straßenrand stehen und gehen zu Fuß weiter.

„Was jetzt?"

„Ehrlich gesagt, ich weiß es nicht. Lass uns irgendwo was trinken, ich bin am Verdursten."

Wir setzen uns in ein Café und bestellen Wasser. Joker schaut auf sein Smartphone.

„Verdammt, was läuft hier! ‚In mehreren europäischen Städten wurden zeitgleich Terroranschläge verübt ... im griechischen Ort Delphi kam es zu einer Schießerei zwischen Terroristen und Polizeikräften, bei der alle Attentäter getötet wurden, unter anderem der seit Jahren gesuchte Anführer einer irakischen Terrorgruppe."

„Und das alles wegen eines alten Schmökers!"

Joker sieht mich an, als hätte er das Buch völlig vergessen.

„Es ist nur eine Frage der Zeit, bis sie uns finden, ich war in dem Bus, ich habe das Motorrad geklaut ..."

„Gib mir den Rucksack! Ich habe eine Idee!"

Ich verstaue meine Sachen in den Taschen meiner Jack-Wolfskin-Weste, Erinnerungsstück an diverse Urlaube mit Karsten, und händige Joker gehorsam meinen Lieblingsrucksack mit dem Buch aus. Keine Ahnung, was er vor hat, ich renne einfach hinter ihm her. Vor dem Akropolis-Museum machen wir Halt.

„Bleib hier, ich geh alleine rein!" Ich setze mich auf eine Mauer und warte. Nach einer Weile kommt Joker ohne Rucksack zurück. „Lass uns von hier verschwinden. Ich habe den Rucksack im Museumsshop stehen lassen, sicher wird bald jemandem das verdächtige herrenlose Gepäckstück auffallen. Wie gesagt, ich glaube nicht an Zeitschleusen. Wenn dieses Buch wirklich so explosive Gedanken enthält, dann wird es auch in der Gegenwart wie eine Bombe einschlagen."

„Und wenn sie den Rucksack sprengen, weil sie denken, es ist eine Bombe drin?"

Joker wird blass, an diese Möglichkeit hat er wohl nicht gedacht. „Wir hätten die Texte scannen müssen!"

Ich ziehe den Stick aus der Hosentasche. „Da sind alle Seiten des Buches drauf, inklusive der losen Blätter und Notizen. Ich habe sie fotografiert, bevor ich nach Athen geflogen bin."

„Man soll Menschen aus dem vor-digitalen Zeitalter nicht unterschätzen!" Joker grinst erleichtert. "Aber jetzt müssen wir so schnell wie möglich hier verschwinden. Phil hat mir die Nummer seines Bruders gegeben, er wird uns aus dem Land bringen. Bevor sie unsere Namen rausgefunden haben, sind wir über der Grenze."

Epilog

„Wo hast du das Buch gefunden?"
Mit unseren deutschen Pässen und Stefans griechischem
Pass - wieso hat er einen griechischen Pass? - haben wir
die makedonische Grenze ohne Probleme passiert und
nähern uns Skopje. Die Nacht über wechselten wir drei
uns beim Fahren ab, jetzt ist Stefan wieder dran, vier
Uhr morgens, aber Joker und ich sind hellwach.
„Es muss beim Brand der Hütte durch das Löschwasser
herausgeschleudert worden sein und hing in einem
Busch. Ich denke, Professor Stein hatte es in einem
Hohlraum unter dem Dach versteckt. Wusstest du übrigens, dass Stein mit seiner Familie ermordet wurde?"
„Phil hat mal so was erwähnt. Offiziell war es ein Unfall, man konnte nie etwas nachweisen."
„Wie hast du Phil kennengelernt?"
„Wir saßen einige Zeit nebeneinander beim Kaufhof.
Irgendwann hat er mich gefragt, ob ich ihn computer-
technisch unterstützen könne, er suche nach einem verschwundenen Buch. Anfangs hat mich die Story nicht
besonders interessiert, aber dann fand ich sie doch irgendwann spannend. Außerdem konnte man eine Menge von Phil lernen.
„Was spielte er überhaupt für eine Rolle in dieser Geschichte?"
„Ich glaube, nicht mal sein Bruder weiß das ganz genau,
aber ich habe so einen Verdacht..."
„...und der wäre?"
„Phil hat die Terroristen mit dem Buch in eine Falle
gelockt. Die Polizei war schon unterwegs, bevor irgendwas passierte, also wurde sie vorher informiert.
Vielleicht hatte der irakische Top-Terrorist etwas mit
dem Tod von Phils Familie und der von Professor Stein
zu tun."

„Und dann ist Phil rechtzeitig abgetaucht, ich denke mal, direkt in ein anderes Zeitalter. Das hier ist sowieso nicht seine Welt. Aber was wollten die Terroristen mit einer Sammlung philosophischer und wissenschaftlicher Texte?"

„Erinnerst du dich an Heinrich Hertz und seine elektromagnetischen Wellen? Internet ohne Computer, Wikipedia direkt im Hirn, ohne Smartphone und Google-Brille? Das ist nicht nur für IT-Firmen interessant, sondern auch für Leute, die andere manipulieren und für ihre Zwecke benutzen wollen. Gehirnwäsche über Radio-Frequenzen, weltweit und gezielt. Außerdem ist da noch der Text von Ibn Rushd. Die Dschihadisten wollten um jeden Preis verhindern, dass er verbreitet und gelesen wird."

„Was passiert jetzt mit dem Buch, falls es noch existiert?"

„Es wird wohl in irgend einem Museum verschwinden. Aber im Grunde ist es egal, was damit geschieht" - ich denke an Sokrates' Handschrift und es ist mir *nicht* egal - „Hauptsache wir haben die Scans! Ich stelle sie ins Netz, zusammen mit unserer Story, das wird der absolute Hype, wir werden berühmt..."

„Ich schreibe die Geschichte auf, alles, was passiert ist, seit ich beim Bungee-Jumping mit dem Kopf gegen einen Ast geknallt bin und diese Stimmen höre..."

„Du hörst Stimmen??!!"

„Ach, vergiss es, sag mir lieber, ob du eine Idee für den Titel unseres Bestsellers hast!"

„Nenn' das Buch doch einfach nach uns: „*Stadtrandphilosophen.*"

Zwei Tage später setzen wir Joker am Kaufhof ab und fahren zur Feldstraße 23. Mignon macht große Augen, als Stefan vor ihr steht. Dann ruft sie nach ihrer Mutter. Ob die beiden ihr nun erzählen, dass sie nicht ihre Eltern sind, sondern in Wirklichkeit Phil ihr Vater ist und ihre Mutter wahrscheinlich ermordet wurde? Ich verdrücke mich, schließe meine Tür auf, das Schloss wurde repariert, wahrscheinlich vom Hausmeister, dann bleibe ich wie angewurzelt auf der Schwelle stehen und traue meinen Augen nicht: meine Wohnung ist picobello aufgeräumt, Manni sitzt in seiner Ecke, über seinen Bauch läuft eine akkurat genähte Narbe, er grinst breit, scheint ein paar Kilo zugelegt zu haben und freut sich offensichtlich, mich zu sehen. Ich weiß nicht, warum ich als erstes den Computer einschalte, bin wohl auch schon ein Nerd geworden, oder fühle mich ganz einfach plötzlich ziemlich einsam so allein mit Manni. Der Mac erwacht mit dem vertrauten Geräusch, ein E-Mail-Fenster öffnet sich - seit wann habe ich einen E-Mail-Account? - ich klicke auf "Eingang", öffne eine Mail vom 06.06.2013, 08:40:16, Absender in griechischer Schrift, Betreff "Delphi":

„Keine Sorge, ich komme wieder!
Phil "

Ich danke Professor Anton, der meine Promotion begleitet hat, und Harald Heath für inspirierende Platon-Lektüre.